小文艺•口袋文库

小说

成为你的美好时光

小文艺·口袋文库

小说

单身汉董进步

袁远

上海文艺出版社

目
录

单身汉董进步

一

男人多不经老，董进步除外。他二十岁时是二十岁的样子，三十岁时还是二十岁的样子，四十岁依然，唯有该死的谢顶泄露年龄秘密，发际线年年后退，如溃败之军，一道道丢失防线。不到四十岁，一头黑发已溃退为弯幅显著的下弦月，附着于后脑，尖削头顶暴露出来，干脆剃了光头。

秀发浓密时，他实在是个俊秀青年，鸡心领T恤加牛仔裤，谁看了都要眼睛发亮。以温和笑容遮掩心中自恋，但读书时代功课不好，勉强挂在中等尾巴上。他自认为是遗传缘故，他老汉大字不识几个，早年在皮房码头一带拉平板车糊口，后来进了市中药厂，搬运大麻袋装的中药原材料和各种容器装的中药成品药，没走到六十二岁，撒手前留下一句话：存折留给老幺。

老幺就是董进步。他是他老汉董长水三十五岁生的，也是董长水唯一的亲生子。

他母亲倒是顽强勇敢地一直活着。老太太结过两道婚，第一任丈夫患水肿病去世，说白了是饿死的。说起五十年代末六十年代初的三年自然灾害，老太太心有余悸，一辈子习惯在柜子深处藏一坛大米，其间变换过花样，比如饼干和罐头，最后还是回归大米。第一任丈夫留给老太太一子一女，即董进步的哥姐，哥姐姓刘，没改姓，老二刘建设，老大刘红霞，念书都只念到初中毕业。

刘红霞十六岁时，下乡去了三百公里外的纳溪乡，种果树，种水稻，挑河沙，一封信寄回家，要将近一个月，漫长的时光旅途揉皱了信封，也揉皱了信上的字句。信件通常由刘建设念给全家听，刘建设以平板嗓音，任意跳过不认识的字眼，或胡乱读出拿不准的词语，干巴巴念完了事。董进步对其中一封信的内容记忆深刻，姐姐描写夏季里的苍蝇，知青们坐在农家院坝吃饭，密密麻麻的苍蝇蜂拥而至，盘旋于人头和碗盘之上，好似“庞大的兵团”，与筷子争夺缺乏油水的食物，前一秒被赶开，后一秒又俯冲而下。阵阵俯冲的苍蝇队伍，远看就像混乱的黑色激流。

老妈在乡下待过，老妈说，“乡下我知道，苍蝇多，虼蚤多，臭虫、蚊子、耗子都多，霞女子受罪哟。”

董长水说，“我住皮房码头的时候，虼蚤也多。”

“虼蚤啥样子的？”董进步问。

董长水说，“丁丁大，核桃色，跳起来多高，背上有硬壳，力道轻了捏不死。”

“它吃啥子？”

“吃血，吃屎。”

刘建设读完初中，在家晃荡了两三年，他渴望骑上继父的自行车到城外打鸟，那辆吱嘎作响的笨重单车，是董长水每天不离的上班用具，破旧却贵重。刘建设因而常常徒步游逛。有一次，他和同学谢矮子，竟然来回步行五十多公里，到了龙泉山，回来时天已黑尽。守在巷子口失魂落魄的老妈，举掌狠抽数下，儿子带回两只灰山鹑、几只碎了一半的鸟蛋和一包野果，老妈没按原计划，回到家拿扫帚再度行刑。

府南河那时还叫锦江，缓缓流淌的锦江，在城南早已不存在的南门外皱了几皱，皱褶处，生出芦苇荡，野草丛，藏着无限生机。那里是刘建设不时造访的乐园之一，也是他平淡乏味的漫漫人生中，最受震惊的一幕的发生地。午后天空灰扑扑的，太阳隐身灰雾般的云层后，全心全意制造热浪暗涌的蒸笼，草丛苇秆凝固不动，像是热得发了昏，又像打瞌睡盹着了。刘建设额角淌汗，轻手轻脚绕过簇簇草丛，追踪一只飞飞停停、满腹心事、叫不出名字的飞禽。草丛矮下去，一圈秃斑样的矮草地进入他视线，与此同时，一番景象也令他呼吸骤停。一个陌生男子，双腿叉开立于矮草地中心，裤裆解开，面前一条人立大狗，大狗前腿搭在男人腰间，后腿直立，与男人亲密互抱。刘建设看到男人侧面，对其龇牙咧嘴之表情过目难忘，而对方俯首凝视狗头，嗓子里发出呼噜呼噜的古怪声音，狗也发出呜噜呜噜的怪声，肥厚狗舌吧唧吧唧舔着男人两腿间一条通红的玩意儿。

刘建设一时不明白是怎么回事，却本能地感到巨大恐惧，转身奔逃，可恶草根绊他跌倒，扑倒在地的一刻，他强烈感觉有响尾蛇从身后扑来，几乎听见蛇信子的咻咻响声。爬起来再跑，把心脏跑成一面咚咚战鼓。从此再不靠近那片野地。

十七岁，刘建设有了另一个打发时间的方式，跟着邻居汪叔叔，去七八公里外的河里，用篾筐捞鱼，战利品是大小草鱼，鲢鱼，鲤鱼，偶有肉嫩少刺的黄辣丁，三角蜂，老妈以泡椒酸菜烹饪，美味无比。

眼看十八岁轻快滑翔而来，刘建设仍然工作无望。一般而言，家里有成年而找不到工作的孩子，父母又没啥本事的，只好自己提前退休，把工作交给孩子顶替，传承一只饭碗。董长水却不想退休，他这份工作，心里打算给小儿子留着。董进步刚满十二岁，但总有一天要长大，要工作。做母亲的也偏向小儿子，可不管怎么说，手心手背都是肉。大儿子从小死了亲爹，童年凄惨，困难年间瘦成皮包骨，饿哭时还得承受她愤怒的巴掌，十一岁那年梦想一双白球鞋，为实现小小愿望，整个夏天，刘建设孤独地拎着篮子，去城外东奔西走挖半夏，蒲公英，车前草，秋天去采金银花，晒干卖给药材收购站，好不容易凑齐了钱，却被当妈的她要去了，那个月家里钱用精光，打酱油都拿不出一个子儿。刘建设哭了一场。

她问儿子的爹：“建娃子你就不管了吗？”

董长水默默点燃廉价纸烟，一口一口，吸到天色苍茫，没有一句话。

当妈的呜呜哭了，连哭三个晚上，眼角哭得通红。

董长水说了话，“哭个球，老子交班，喊建娃子接老子的岗。”

当妈的在脸上抹了一把，又哭了，哭着问，“那以后进娃子咋个办？”

董长水说，“进娃还有几年嘛，初中读完，喊他读高中，高中读完再说。”

刘建设接了继父的班。董长水跟大儿子打了个调，扛着自制鱼竿和篾筐，去城外河里埋头抓鱼，若头天晚上下了雨，能在林子里捡到野生菌。抓鱼之外，董长水还找地方种了几丛金银花，收获馥郁花朵，晒干代替茶叶，省下买茶钱。

二

1983年，董进步读完高中，毕了业，成为他家学历最高的人。那时候，他姐刘红霞从乡下返城已有四年，被安置在罐头厂工作，结了婚，生了儿子，算是苦尽甘来。他哥刘建设也谈了女朋友。他母亲上班的街道缝纫厂搬迁，升级为成衣厂，而他老汉董长水找了一份为啤酒厂看大门的临时活计，日常饮料渐由茶水转为散装啤酒。

董进步高中毕业数月之后，进入省第一建筑公司二大队，成为一名特种作业工，从学徒起步。头一年，学习电焊、气焊和切割，第二年，接触起重机械设备，学习装卸、检测起重机。公司有一台当时少见的履带式起重机，庞然大物，零部件复杂，不是什么人都有机会学习操作并小心翼翼伺候它的，骄傲感膨胀于董进步心中。下班后，他把自己打扮得挺括漂亮，他买了件红衬衫，配上白裤子，走在街上引人注目。毕竟性格腼腆，不习惯被目光围追叮咬，白裤子收进箱底，交给无尽时光和回忆染黄。上衣呢，还是光夫衫文雅稳重，1982 年热播的日剧《血疑》，让山口百惠和三浦友和扎根于他脑海，山口百惠是他的梦，而光夫衫，则是他化身帅气迷人的三浦友和的冠冕堂皇的方式，实话说，他的模样，还真跟三浦友和有两分相像呢。

原先，他暗暗爱慕一个高中女同学，高考是一个分水岭，将他和那位一举考上大学的清秀怡人女生，划到了命运的两艘远洋轮上，让他咽下比高考落榜还重大的失落。谁都不知道，他十岁那年，就在心里种下了择取女性的标准，标杆是他小学一个女同学的母亲，一位形象端丽，吐气如兰，在文工团工作的阿姨。董进步去过她家，钩花白桌布，亮晶晶的玻璃花瓶，罩椅套的椅子，白瓷盘盛着洁净瓷杯，乳白印淡黄花纹的窗帘，令他如入仙境。阿姨取来饼干盒，以一片饼干招待他，而后拿起画报，静坐一边翻看，他嗅到了从嫩白手指、温婉笑容和圆润静谧的胸脯，散发出的迷醉气息。

他内心，对气度高雅的女生，有着说不出的迷恋，而他的生活指导者们，其中包括他爹妈，街坊大妈大嫂等等，都认为他找对象的标准，无非有正式工作，脾气好，勤快，长相耐看，至于气质，那是什么东西？他也羞于跟他们说，他想找个有气质的女子，何况，周边哪有气质女人呢？于是，他跟高中女同学戴英姿，有过一段浅尝辄止的交往。戴英姿在一家国营饮食店做开票员，那家店主卖包子稀粥带丝汤，兼卖各种小菜。他们的交往，是戴英姿主动，戴英姿先是约了一个女同学来找他，嘻嘻哈哈要他请看电影，而后顺理成章，逛马路。戴英姿五官小巧，性格活泼，头发烫成时髦的满头卷，喜欢《大众电影》杂志，对街上的服饰流行风有敏锐捕捉力，但头发和领口，隐约飘出淡淡包子味。董进步心思涣散，不确定自己是否甘愿一辈子嗅闻包子气味，而戴英姿对他的不太积极主动，越来越不满意。

“进步，请我看录像。”

录像厅正四面开花，密布于大街小巷，港台片、好莱坞盗版片和黄片的魅惑片名写于布告板上。深夜里，幽光闪烁的放映厅成为情侣天堂，总有搂搂抱抱的火辣男女。

“回家看电视嘛，《上海滩》多好看的。”

董进步双手插在裤袋里，摆出潇洒姿态。

“你为啥不想请我看录像？”戴英姿不依不饶。

“不是不想，等演完《上海滩》嘛。”

“等个铲铲，你咋这么绵哦。”

“女孩家，要文雅。”

“女孩家，要文雅。”戴英姿以气声模仿，暗示他是一个可厌的娘娘腔。他不是。一辆拉风扯眼球的摩托车，忽然蹿出，轰隆隆划过街面，逼得一辆飞奔的自行车一闪，差点撞到戴英姿身上，摩托车炫耀远去，自行车亦未停下，摇摆前行。戴英姿吓一跳，脱口而出：“日你妈都在奔丧嗦。”

董进步心脏中枪。“日你妈”这种话，在粗鄙程度上算不得重量级，他听到过的粗话、烂话多了去了，却万万不该从一个大姑娘、准情人嘴里冒出。从此躲开戴英姿。在中学女同学中留下“装腔作势”、“不知自己几斤几两重”的恶评。

他老妈所在成衣厂并购重组，老妈因年纪

超过五十岁，没有签下用工合同，拿到一笔微薄补偿费，跟厂方脱离关系。紧接着他哥结婚，租房子，打制必要家具，采买生活用具，彩电冰箱不可少，喜糖瓜果须订购，老妈的补偿费差不多贴光。又添上家中可怜巴巴的积蓄，给新娘买了块手表，还打了一枚小巧金戒指，这是老汉董长水提议的。刘红霞结婚时，也得到一套说得过去的陪送。董长水身为两个异姓孩子的继父，即便算不得可圈可点，至少算得上仁至义尽。

这个时期，街坊邻居家纷纷有了彩电，董进步家里还是一台二手黑白电视机。他的近期计划是，攒钱给家里买一台彩电，再买一组沙发。

次年他跨入英姿勃发的二十一岁，无师自通学会打手枪，感受到魂飞天外的乐趣。夜里早早上床，在客厅穿墙传来的电视声中，屏声静气，卖力让自己充盈、升腾、爆炸。一整天到这个时候，才算完美收场。而且，还必须想方设法，不弄脏床单。

气候宜人的十月，他跟随隔壁巷子住着的、在春熙路摆地摊卖吼货的朱胖娃，一块去参加舞会。这是他第一次接触舞会。文化宫旁一间教室大小的旧屋子，沿墙摆设一圈木椅，录音机播放抒情音乐，文质彬彬的中年人和年轻人，优雅地滑着慢三，慢四，探戈，灯光暖黄，气氛梦幻。

他当看客，默默揣摩男士的舞蹈动作，激发不出邀请女伴的勇气。冒进的朱胖娃像只胖蝴蝶，左顾右盼，飞向一个漂亮女子，绅士样打出邀请手势，落空，再接再厉，转向另一位。脸皮厚是制胜法宝，而董进步在心里，参照朱胖娃的失败率，估算自己受挫的概率。

那次董进步一曲未跳，回家路上甘当朱胖娃的听众，听满面放光的胖娃描述怀抱女伴的感受，评点她们腰身的柔软度和胸脯的丰腴度。

半月后的周末，他和朱胖娃再赴舞会。依然当看客。不远处有一位文静女子，二十七八岁模样，蝙蝠袖薄线衫，及踝长裙，摇头拒绝一次次邀请，眼光却数度飘向他的方向。他猛然心有所悟，所谓心有灵犀是也，起身向文静女子走去。

他们跳了一曲，他跳得不算太糟，尽管紧张得手心冒汗，胳膊僵硬。那女子似乎对他还满意，曲终对他微微一笑。他才注意到她不甚好看，近看没有远看耐看，不过，胸峰圆润高挺，韵味小桥流水。下一曲音乐响起，他以近水楼台的优势，再次向她伸出手去。

她说，“你的手可以往下一点。”

“啊？”

她说的是他的左手，他左手按在她背心，而不是按规范，搭在她腰间。

他触摸到一片充满弹性的丰美水土。

这一曲快到尾声时，他问，“下一曲可不可以还请你跳？”

她笑了，问，“你是大学生？”

他一下矮了半截，口气却是老练洒脱：“不是，我上班了。”

没感觉到她有藐视的意思，他舌头灵活起来，问，“你呢？”

“我也是。”

曲子完结，他伴她走回座位，过一会儿，双双滑入下一曲。他问，“你贵姓？”

女子笑曰，“我姓郭，你叫我郭姐吧。”

“我姓董。”他说。

郭姐说，“你为啥总跟我跳？”

“你跳得好。”

她确实跳得好，轻盈，优美，有韵律，犹如舒缓起伏的海洋波浪，而且，搂抱着是那么舒服。她回敬赞美，说他跳得也不错，董进步忙说，“不行不行，我是第一次下舞池。”

“是吗，”她说，“那你是个跳舞的料。”

她校正了一下他的步幅和身体动作，指点他如何穿花,旋转,如何在快速旋转中掌握平衡，他开心起来，说，“我拜你为师吧。”

郭姐说，“你可以去买一盘舞蹈带子，跟着带子练一练，也可以去报个班，现在有人专门教交谊舞。你可以成为高手的。”

这话鼓励了他。之后他还真找到一个教交谊舞的学习班，上了几堂课。夜生活不再是打手枪，而是在卧室里揣摩、练习各种难度动作，可惜屋子太小，难免跟家具磕磕碰碰。

朱胖娃到广州进货去了，董进步独自奔赴舞场。他和郭姐又一次跳了三支舞曲，郭姐赞他舞技长进神速。他们算是熟人了，配合愈发默契。朱胖娃从广州进货回来，忙着应付生意和打麻将，还是没空去跳舞，董进步继续独自访问舞场，遗憾，连续两次没遇到郭姐。

听说别的地方也在举办舞会，他找到地点，犹犹豫豫走进去，第一次跳得不太尽兴，第二次便如鱼得水。一个嘴唇涂得血红、举止泼辣的社会女青年，几乎缠住了他，董进步不敢再去那个舞场。

开春，总算又看到了郭姐，董进步如见到失散许久的亲人，快步上前招呼，“咋好久都不见你呢，忙啥去了？”

郭姐带他进入新的舞蹈场地：大学舞会。人更多，气氛更热烈，关键是，那里聚集的是令他仰视的大学生。周末的大学里，跳舞场地不止一处，礼堂、篮球场、工会小院和教室，处处莺歌燕舞，他们每个场子都去转转。他俩不仅把每一次跳舞当作提升舞技的演练，到后来，还商量定做配套的舞蹈服，同心同德地，要成为一对炫目的舞者，舞会帝后，横扫舞场无对手的绝对赢家。

他对此相当入迷，觉得生活充满旋律、光芒和韵味。

六月，大学生们该预备考试了，而舞会并没有消减。就在这个月份的一个周末舞会上，他和郭姐的合舞，达到巅峰之境。当晚郭姐穿了一条新款白色大摆连衣裙，裙摆比一般大摆裙大得多，红色腰带，红色高跟鞋，华贵逼人，精致妆容与衣着呼应；他呢，事先按郭姐意见，穿了一身黑，黑色T恤，黑色贴身长裤。他俩一白一黑，一蓬松一紧致，吸睛效果极佳。他们先去工会小院跳，那里灯光效果好，缺点是人多场地小，转至大礼堂，人也多，但场地足够。或许是自信，也或许是感觉调至最佳刻度，他们不断跳出高难动作，连续旋转超过二十次，旋转中，郭姐的裙摆怒放如硕大牡丹，盛开如层层云浪，而他如云浪中挺拔的山峰。其他跳舞者都被他们的气势逼至角落，整个舞场的中心，只剩了他们二人，董进步凭直觉意识到，这完全是表演，是炫技，仿若无形聚光灯，打在他和郭姐身上。曲终时刻，他滑步曲腿下腰，郭姐仰身于他臂弯，动作行云流水，造型惊艳完美。

郭姐见好就收，拉他离开大礼堂，给那些目瞪口呆的观众留下谜一样的背影。顺道去化学楼舞会，展示同样舞技，收获同样满足，也同样在最耀眼的一刻，谢幕离开。

二人穿过夜幕中的大学校园，董进步还沉浸在袅袅如烟的兴奋中，情不自禁伸臂一揽郭姐的肩，说，“今晚你跳得太好了，把整个场子都镇住了。”

“不是我，是我们。”

他嘿嘿笑，胸中热气氤氲。

她柔声喊他，“小董。”

他觉得身体膨胀起来。

二十二岁，是他跳舞的巅峰岁月，也是他

首度对女人身体有了惊心动魄的体验。

三

但郭姐对他来说，是个谜，他不知道她做什么工作，不知道她的全名，只知道她已婚，没小孩，丈夫常年在外地，大概是什么公司驻外地办事处的。他和郭姐每周见面一次，先去跳舞，跳遍全市舞场，然后在夜色掩映下，他随她潜至她家，在她床上消磨一个小时左右。回到家里，老汉老妈早已睡熟。

有次老妈问他，“你昨晚上都啥时候回来的？”

他编了一个时间,比实际时间提前一小时。

“你做啥去了？咋周周都回得那么晏？”

他说，“跟朱胖娃他们打牌。”

他老汉说，“没赌钱嘛？”

他说，“放一百个心，我才不赌钱。”

爹妈相信他不是乱来的人，家里的彩电是他买回的嘛，下一步，是皮革沙发，老妈老汉已经去商场看过几回了。

如同迷恋跳舞一样，他迷恋郭姐的软糯丰腴的身体，她的气息和声浪，令他高潮迭起。郭姐说，“我们剑鞘配合得太好了。”他说，“啊？”“天衣无缝。”

他越来越能持久，郭姐说，“小董，你弄女人跟跳舞一样，天生高手。”

“要是哪天我离不开你了，怎么办？”

“咋可能呢，”郭姐笑，“我比你大那么多，再说了，我不会跟我老公离婚的。”

他放下心来，其实担心的是，她以后缠住他不放，毕竟她是结过婚的，年纪还大过他，他爹妈不可能乐意接纳这样一个儿媳。他自己呢，跳舞、上床是一回事，挑选对象结婚，就是另一回事了。

时间又滑至年尾，这天董进步到了公司，换上工作服，正要随车去工地，他师傅走来对他说，“小董，你要出国了。”

他嘻嘻笑，“是，去爪哇国。”

没想到这消息竟然是真的。他的公司接到

一个任务，要派队伍到非洲某国援建一个工程项目，他在入选人员之列。春节前出发。

董进步做梦都没想到，自己有这么好的运气，虽然是非洲，那也是出国啊。老汉老妈闻讯，又高兴，又担心。身体检查过关，老妈忙着为他准备行装，老汉吩咐，带足必备药品。董进步特意到商场，买了一只大号的行李箱。接下来，多次开会，接受礼仪、纪律、工程业务培训。

直到出发前一周，他才告诉郭姐要出国的事。郭姐问，“去多久？”

他说，“我们这一批是两年。”

郭姐说，“回来的时候，会不会带回一个非洲女朋友？”

他抿嘴笑，谁知道呢，他还没来得及想这问题。

郭姐善意告诫，“照顾好自己，不要冲动，冲动惹麻烦。”

他明白她说的不是打架。没问题，克制忍耐是中国人的传统美德，从屈辱到性饥饿，都能忍，免灾避害重要，老话说，留得青山在，不怕没柴烧。总之，管好老二，安全第一，他何尝不懂。高兴的是，这是他与郭姐分手的最佳方式，在惊艳绽放的一瞬，谢幕，转身，画句号，种下些许遗憾以及无限诗意、绵长的回忆。

他们公司承建的，是一座桥梁工程和一段道路。工作量大，进度赶，阳光暴晒，周遭荒芜，但是，天空透亮，海滩真是迷人，他被晒得黑乎乎。有当地黑人来闲逛观瞻，他和工友们的英语只限于“哈啰”，“三克油”，“古德拜”。以游泳、说黄段子、议论道听途说的当地新闻和烹饪中餐打发闲暇时光。海边拍照数张，双臂抱胸，远眺海面，手抚浪花，还有一张身穿泳裤的“肌肉照”，笑容满面，是他最得意的青春影像。

本来该在那里待两年，他却提前八个月回国了，因为受了工伤。检测起重机时，配重部位的一块铁块松动滑落，撞至他腿侧，他听见左腿小腿骨头咔嚓一响，知道坏事。

打上夹板绷带，他拄着拐杖登上国际航班。回国后，他休养了四个月。无所事事之下，想到为自己添加一张文凭。正规大学门槛高，他望尘莫及，成人函授教育，恰是为他这种不善攻书考试又渴慕文凭的人量身打造的，动动腿便能跨过那道低门槛。说干就干，新购高中教科书一摞，埋首于枯燥头痛的复习。

腿伤痊愈之后，他做了起重机指挥司索，感觉良好。成人函授大学经济管理专业大专班的录取通知书送达，感觉更好。老妈把那张通知书看了又看，问，“这也算是读大学了嘛？”

他嘴上谦虚：“比本科还是要低一档，这是专科。”

老妈听不懂，也不要求什么人给她解释清楚，啥叫本科，啥叫专科，有啥区别，儿子出息，这是最让她高兴的。董进步即将年满二十五岁，老妈认为，小儿子眼下只剩一件最重要的事，交女朋友，结婚。

董进步说，“不急。”

老妈不同意。即便小儿子马上找到女朋友，交往两三年，到结婚时也二十七八了，咋不急呢。董进步说，“总要找个满意的嘛。”

老汉在这件事上态度开通，一句话：“随他。”老汉自己，三十四岁才结的婚。

函授教育平时以自学为主，集中授课辅导为辅，董进步希望在函授班同学中，发现让自己来电的女子，可仅有的两个他看得上的女生，身边都有了忠心耿耿的卫士。无妨，此时大学舞会在沉寂了一段时间后，渐渐恢复起来，场面没有以前盛大，人数不如以前众多，场地也不再四面开花，但总归是舞会嘛。他重拾跳舞旧好，勤于光顾音乐缭绕灯光迷离之处，却不知如何把温情脉脉的舞蹈余韵，转化为与某个女生交友的序曲，因为跳舞的过程中，他不太敢跟对方搭话。

有一次，他和一个穿紫色绸裙、扎银饰宽腰带的女生跳了一曲，女生容颜只是中上，却以夺目服饰、典雅风度和圆熟舞姿，力压群芳，每支舞曲总有几只邀请的手同时伸向她，堪称当晚舞会皇后。董进步第二次如愿邀请到她后，大着胆子问，“今晚可不可以跟我跳个上不封顶，下不封底？”

女生问，“什么意思？”

他说，“就是一直跟我跳。”

女生莞尔。

下一曲，她选择了伸向她的另一个男生的手。

董进步站在舞场边，看着她跟别人跳。最后一曲音乐响起前，他疾步走到她身边，成功把她争夺过来。此曲跳完，他提议去喝咖啡，紫衣女生礼貌拒绝，他壮着胆子坚持，女生眨眨眼睛，笑问，“你想跟我聊天？”他看到希望的曙光，忙说，“是。”“我们聊什么呢？”这个，“随便聊聊嘛。”女生继续微笑，“尼采、叔本华、笛卡尔？还是弗洛伊德、荣格？还是蒙田、惠特曼、里尔克？或者萨特、陀思妥耶夫斯基？你想聊哪个？”

他晕头涨脑，根本不知她说的什么，蒙羞而去。

回头想想，愈发羞惭，买了本弗洛伊德，又买了本尼采，一页读下来，每个字都认得，每一段都不知所云。

一个周末，他姐刘红霞带儿子来到父母家吃饭，拿出一张照片，先把照片拿给父母过目，又拿给董进步，照片上一个大眼睛尖下巴的女子，黑发微卷，对镜而笑。刘红霞问他，“长得乖吧？”

“乖。这是哪个？”

这是刘红霞一个知青插友的表妹，卫校毕业，在七医院当护士。

护士，行啊。他跟护士女子散步，逛街，二人形貌般配，感觉疏离，护士女子不爱说话，不让他搂抱，更不喜欢他跳舞。他脾气好，竭力探索二人共同点，打针找血管，针灸找穴位，恋爱一样的道理，可他的探索如同盲人摸象，劳而无功：喜欢流行歌曲不？不。想看电影不？不。去喝咖啡？不。去公园？没意思。

那他咋办呢？护士女子倒是噗嗤一笑，似乎比较享受他的一筹莫展。

三番五次，他积极性的水位开始跌落。他一周多没跟那女子联系，他姐鼓动他说，“莫打退堂鼓哦。”又说，“那才是过日子的人，哪点不好呢？”

恰是这句话，让董进步兴味索然。

就在他举棋不定时，他老汉身体出状况了。这些年，董长水啤酒喝得顺溜，身体却越发消瘦，老汉说，黄金难买老来瘦。这话却是说不得的。董长水精神一年不如一年，常感恶心欲呕，对家人隐瞒血便、夜间腹痛的险峻状况。这天早上，董进步起床正穿衣时，老妈急惶惶走过来，满脸惊慌失措，“快去看看，你老汉不对劲，屙了好多血，站都站不起来。”

董进步速跑至老汉身边，扶起老汉说，“马上去医院。”

送到医院，一检查，胰腺癌晚期。

老汉没挺过四个月，没迎来十天后的六十二岁生日。走的时候，老汉以浓重痰音，咕哝说，“可惜没看到进娃结婚。”

四

老汉过世，董进步跟护士女子的关系，自

然中断。

结婚，他并不着急，尽管二十六岁就要走过，还是年轻得很嘛。

其后将近一年，他没有再入舞场。这个阶段，他姐的婚姻出了问题。他姐夫王永林，原跟刘红霞一个厂子工作，跑销售。罐头销售年年下滑，王永林干脆办了停薪留职，入职一家私人味精厂，推销味精，常在外地奔波，时间一长，就奔出了婚外情。

刘红霞下过乡，能吃苦，能忍受丈夫常不在家的寂寞，却难以吞下遭受背叛的辛辣苦水。大吵一架之后，将王永林一把锁锁闭在家，哪儿也不许去。关了一整天，王永林哀求："我要上班哪。"

"上你妈个头。"

刘红霞对丈夫那推销员的工作，深恶痛绝，该死的工作，不要也罢。她胸中恶气尚未出尽，依然把丈夫关在家里，"敢踏出家门一步，我就开煤气把这个家炸了。"

董进步和哥哥刘建设来到姐姐家。但说

客不好当，董进步说，“姐，你就原谅我姐夫一次嘛，人不是神仙，哪能不犯错误。”刘红霞冷言顶回，“少跟我说这种屁话。”董进步说，“姐，消消气，你气鼓气胀的，这事处理不好。”

“咋呢，我还该对他以礼相待，笑脸相对，对他说：是我没当好老婆，没把你伺候好，没成天打扮得花里胡哨，妖声浪气撩你欢心，一切都是我不对。赔了礼，再求他：以后莫去招惹那些妖精狐狸精，好好跟老婆过日子，他就听话了？”

董进步语塞。刘建设不说话。垂头丧气的王永林说，“莫非你要关我一辈子？”

刘红霞喝道，“关你一辈子，也是你龟儿自找的。”

王永林闷声闭气，董进步打圆场说，“姐，莫生气，莫生气，气大伤身。”

刘建设开口了，问了一个关键问题，“姐，就算你打算关王哥一辈子，王哥也没意见，那今后就靠你一个人挣钱养家啊？你一个女的，要不得。”

王永林暗暗点头，刘红霞看在眼里，手指愤怒点向王永林：“以前就是打着挣钱养家的旗号，干你妈猪狗不如的事情，养家？你他妈就这么养家？”

说不通，没结果。

这件事情，姐弟三人瞒着老妈，老汉过世，老妈精神萎靡，动辄向隅暗泣，不可让她再着急伤心了。

过一天，董进步又来到姐姐家，把姐拉到一边说，“姐，我晓得你生气，生气也是该的，但是这个事情还得解决，对不对？”

刘红霞说，“我在解决。”

“就是把王哥关起来不让出门？你想关他好久？”

“不晓得。”

“关傻了怎么办？再说，哥说得有道理，未必将来就靠你一个人的工资养全家？你总得长远考虑啊。”

刘红霞看着弟弟，“你站在哪一边？是你

姐这边还是他那边？”

董进步说，“我当然站在我姐这边，但是……”

刘红霞打断说，“到时候我缺钱了，你能借点给你姐，就是帮你姐的忙了。”

一个月后，刘红霞真向他借了一笔钱，数额不大。

这件事情上，刘红霞表现出了令人佩服的果敢和决断力。她找熟人帮忙，做了一份病历，向厂里请到三个月病假，而后，买下一辆三轮板车和一应器具，采购海带，笋子，粉丝，豆腐皮，猪耳朵，和丈夫一起做凉拌菜，拉到附近商业街售卖。王永林即便不喜欢这个新身份，也毫无抗争的余地。按刘红霞原本的设想，生意上道后，交给丈夫一人照管，自己再去上班。丈夫守着生意摊，总不至于有闲心去招蜂引蝶。做了三个月，收入相当不错，势不可挡的下一步，是扩大规模，单靠一个人，这生意支应不过来，刘红霞想办法继续请假。

一年后，两口子盘下一间小店面，做起了

坐地生意。那时刘红霞也办理了停薪留职。王永林是个有心人，做着凉拌菜生意的同时，琢磨各种菜肴的烹饪之方。他还真有这方面的天赋。再往后，店里兼卖热炒，凉拌菜小店升级为小饭馆。

这是后话。总之，战火消停就好，何况后来还有这么个局面。

就在刘红霞的婚姻危机平稳着陆之时，董进步某天在街上，遇到好久不见的朱胖娃，两人笑呵呵拉手拍肩。朱胖娃结婚一年有余，老婆刚怀孕，已终结地摊吼货生意，跟亲戚合资开了个小茶馆。董进步说，“名副其实是老板了。”朱胖娃说，“球个老板，挣碗稀饭钱而已。”

朱胖娃请董进步吃馆子，两瓶啤酒喝着，朱胖娃问，“去洞洞舞厅跳过舞没？”

董进步说，“啥？那是啥玩意儿？”

“你这么爱跳舞的人，不晓得洞洞舞厅？”

洞洞舞厅，多年以前的防空设施改建。那些空置多年的建筑物地下室，如今化身为神秘舞厅，昼伏夜显，以隐秘乐音和诡异光线，从夜幕下钢筋水泥的森林里，绽放出来。董进步嘿嘿笑，没想到如今有这种舞厅，当晚跟着朱胖娃，前往探秘。

舞厅环境幽暗，灯光节省到了令人费解的程度，人影幢幢而气氛怪异，曲子漫长，舞池里的人们如同树桩，互相搂抱着，几乎看不出脚步移动，忽然黑灯片刻，整个舞厅深黑似洞穴，再恢复光亮，也不过幽光微微。

朱胖娃悄声说，“这叫桩桩舞，跟站桩一样。”

这么“跳”，乐趣何在？

朱胖娃怪笑，自己体会，乐趣大得很。

董进步不笨，琢磨得出，如此跳法，图的就是男女身体大面积接触。心想真他妈的操蛋，跳舞跳成这个样子，作践大众文艺嘛，他不觉得有趣。

可是满城最火爆的，恰是洞洞舞厅，舞厅内，满场从头至尾桩桩舞。桩桩舞只是说法之一，另一个说法是砂轮舞，男女身体上下紧贴，下半身缓缓磨蹭，如砂轮转动，火星暗射，其岩浆暗滚、火把逐节燃烧、潮汐轻啸而来的销魂滋味，唯舞者自知。出入此等舞场，男子衣着讲究，尤其是裤子，以“抖抖裤”为主流，即面料轻薄、一步一抖动的裤子，应和飘然心境，也是时髦形象；还以深色为佳，以防下半身“砂爆”后，裤裆处湿迹显眼。

砂轮舞女伴，多为社会女青年，下岗女工，陪砂舞收费，薄利多销，跳一曲五元，跳整场，二十至三十元不等。

董进步哭笑不得，叹息正宗舞蹈的黄金时代大江东去，蔑视鬼模鬼样的洞洞舞厅，才不去同流合污。然而一段时间后，又忍不住踅摸过去。洞洞舞厅不全然跳砂轮舞、桩桩舞，也有跳慢三慢四的，身体并不长时间紧密胶着，只不过舞步慢得超常。不砂，便无需付费。

其后两年左右，他成为洞洞舞厅常客。总要有个打发时间的地方嘛，人多之处，摇曳之时，乐而忘忧。渐渐地，他也开始砂，他控制得好，从未现场砂爆，留下为人耻笑的狼狈相。一种不可向人宣扬的得意之感是，他常遇到愿意免费跟他砂的女子。

莎莎就是其中之一。在洞洞舞厅，男人付给女伴费用，一般将纸币卷成硬硬小卷，指缝夹住，往女子手心一送，后来学港台派头，将硬细卷筒往女子领口胸峰间一插。董进步从来只把钱币卷筒塞往女伴手心。莎莎手心触到卷筒，傲然推回，“不要。”

“真的不要啊？”

“嗤。”

莎莎有一张丰满的嘴，细长眼睛，大波浪卷发，真丝连衣裙。董进步估计她家境不错，到洞洞舞厅跳舞，不为挣钱，只为开心，就像几年前的郭姐，纵横舞场，只为那尽情一舞、酣畅淋漓的快感。多年后他回味洞洞舞厅，回想那些陪砂舞不收钱的女子，她们因啥而开心呢？看男人在自己身体上摩擦，看他们不期然砂爆，而自己被衣衫保护在安全领域内，那是一种多大的愉悦和成就感哪。

他沉迷舞蹈生涯的第二次高峰时，他的同事中，有人下海，拉队伍承包工程，有人去红庙子炒股，闹闹哄哄发了财，有人升官，一步一个脚印往上冲。下海，董进步想也不想；炒股倒是让他心动，头天在红庙子买张股票，第二天转手就赚，可此事过于魔幻，让他本能地戒备。果然一年后，红庙子血流成河，如同击鼓传花，鼓点停止的一瞬，拿到“花”的人死得硬翘翘。他的函授大专文凭已拿到手，按理可以追求升职，可他知道自己不是当官的料。要好的同事以及他师傅都说，去送点礼嘛，整个部门经理当当。

他说，球。

有钱他宁愿孝敬老妈。老妈给他哥姐义务带小孩数年，而今，每天还去学校接刘建设那刚上小学一年级的儿子放学；为董进步操持一日三餐；有点空闲，织毛衣，织毛裤，眼神日益不济，又总是莫名地担心不已，以攒钱为人生安慰。他交给老妈的钱越多，老妈就越安心。老妈有钱也舍不得花在自己身上，他得给他妈买营养品，买适口的食物和衣服，当然，他哥姐有时也带点东西或拿点钱给老妈，不多。哥姐家的经济状况不行，他姐家是后来才逐渐好起来的，他哥家则一直过得不舒展，嫂子上班的皮鞋厂行将倒闭，可嫂子却是个麻将迷。董进步暗自推测，哥嫂间吵架不会少。

但愿初级技术职称解决，他就知足了。

老妈时不时念叨他找对象的事情，“再过几个月就二十九岁咯，你做啥还不急咧？你不急，我都快急死了。”

“你急啥呢，”笑嘻嘻跟老妈讲道理，“我将来结婚，你肯定要跟我们住一起，总要找个能对你好我又喜欢的，不然日子咋个过得顺？”

老妈托人，还号召他哥姐，又给他介绍过两个人，一个没看上他，一个他没看上，俗，三句话不离钱。

五

他又一次，在洞洞舞厅遇到莎莎。这是第三次与莎莎相遇。莎莎来得迟，将近十点才现身。他们跳了两支舞曲。看看时间差不多，董进步准备打道回府，走出舞厅，身后有人喊：“喂。”

他转身，是莎莎。莎莎说，“就走了嗦？”

他立刻回过神来，“我请你喝咖啡嘛。”

莎莎笑，“我要喝酒。”

没问题。这个时候他还不知莎莎名字，莎莎说，“我叫李莎。”不知是真是假，他说，“我姓董。”莎莎说，“管你姓什么，我就喊你哥。”

找到一间酒吧，要了两扎啤酒。他问莎莎做什么工作，莎莎睒眼说，“保密。”

他说，“理解，理解。”

莎莎问，“你不跳舞的时候，玩什么？”他说，“看电视，听音乐。”还有，周末帮老妈打扫卫生，他姐他哥带孩子来家的话，他跟外甥侄儿玩玩。莎莎问，“你看什么书不？”莎莎看什么书呢？她看侦探小说，还看过琼瑶和三毛。

嗬，董进步挺高兴。洞洞舞厅原本是他消磨时间的地方，没想到竟能遇到喜欢看书的女子，他偷偷细看莎莎，越看越觉得这女子有一股气质。两人聊至零点过半，莎莎说，“糟了，我家院子大门关了，进不去了。”

此话颇有意味，他看看莎莎，莎莎不看他。

他第一次到旅馆开房。什么都得尝试，人生就是一次次尝试嘛。他和莎莎很尽兴，但没忘记要回家，轻抚莎莎裸背说，“你好好睡，我回去了。”

莎莎蒙眬问，“去哪儿？”

“回家，我妈一个人在家，天亮看不到我，她要心慌的。”

莎莎睡意浓重地哂笑，“你还是个乖儿子哪。”

“你有没有电话号码，给我留一个？”

莎莎嘟囔说，“没有。”

“那我想找你咋办呢？”

“想找，总找得到的。”

那好吧。他穿好衣服，亲亲她额头，走出房间。

过一天，他去舞厅没见到莎莎，下一个晚上再去，还是没见到。倒有另一女子对他情意绵绵。没挡住诱惑，再次开房。

这次之后，他心里颇有些不安。他这是在做什么呢？这属于什么行为？虽说是两厢情愿，毕竟不算光明正大，他是堂堂正正的公司职员，这种事非得赶紧悬崖勒马。不过，话说回来，这总归是跟女子交往的方式之一，又没祸害社会，怎么不可以？

悔意在发现下身异常时到达峰值。他如此不走运，就在几天后，小便出现灼痛感，老二头部红肿发亮，几乎吹弹可破，尿道口被封锁了似的，排尿如同受难，接着是斑斓分泌物涌出，触目惊心。

难以言说的惊恐横亘心中，不敢去医院看病，光顾书店，找到医疗卫生书籍一栏，翻书细查。从来没有如此用心、如此投入地看过书，紧张、惶恐、担忧和自我宽慰交替攀升，这滋味他可是再不想尝第二遍。

随即去到药店，买了一堆止痛药、消炎药和抗生素。每晚热水药皂洗浴。为预防不见效的可能性，在离家和公司很远的小街巷，搜寻中药药店，预备成为那种药店的顾客。心里给自己打气：又没哪个认识我，怕个铲铲。

再不去洞洞舞厅，从此跟跳舞也绝了缘。

那段时间，他晚上不再出门，夜夜待在家里。老妈倒奇怪了，“咋不出门去耍呢？”

“不耍，在家陪你。”

“去耍个女朋友啊，吃三十岁的饭喽。”

应对老妈是容易的，他还是那句话：没遇到合适的。

他是该正经交个女朋友了，问题还是那个问题：哪儿去找让他心动又可以交往到的女子？他生活的圈子就那么大，他探险的脚步所抵达的浪漫舞场，让他吃了闷棍，踩了暗雷，虽未被炸飞身亡，也足够让他为之却步了。

从理论上说，如果他是读书的料，再来一次发奋攻书，头悬梁锥刺股地努把力，考个研究生，如愿考上的话，人生风景就能为之一变。可惜，他读书不行嘛，读报纸还行，但考试不考读报纸。

他参加过几次婚礼，有同事的，有同学的。老同学中除了他，都荡起了婚姻的双桨，他一点不羡慕他们婚礼的热闹，牵手的甜蜜，道理简单，热闹之后，就是柴米油盐，就是吵嘴生气，牵手之后，就是左手摸右手没一点感觉，更要命的，变成儿女的终身奴仆，化身忍耐的可怜标兵，错失人生多变的景观。

他不愿意。他要走另一条路，将青春期尽可能延长，尽管并不清楚，这“另一条路”究竟是条什么样的路。他为自己设定四十岁的最后时限，到时候，该生孩子照样生，啥都不耽误。如此一想，大为宽慰，时间从容，着什么急呢。

何况身上隐疾尚未痊愈。换个角度看，隐疾也是人生经验之一，人活着，就得学会兼收并蓄。

六

三十一岁，董进步交到第一个正式女友，是一个即将毕业的大学女生。他是在培根路上的一家咖啡馆里，跟她认识的。

作为一条有名的学区路，培根路左右两旁

各矗立大学一所，这条路上，经常晃动着大学生们的身影。此时，大学舞会早已没落，而校园内外，咖啡馆则如雨后春笋，愈发茂密。女大学生中的先知先觉者，已不把前程未卜的男同学放在眼里，而是耳聪目明地结交校外工作稳定、有财力的男子，事半功倍地走人生路、财力敦实的成功者更受欢迎。女生们放眼世界的场所，多是咖啡馆，董进步倒不是高瞻远瞩地看到了这一点，他只不过依着爱好，依着习惯，无聊时踱到校园附近，走走逛逛，消磨时间，缅怀往昔。看到一家新开张的名为“长夜”的咖啡吧，为这名字和装潢格调所吸引，第一次，打“长夜”门前走过去，又走过来，第二次，没克制住，明知进去就得消费，一杯咖啡，等于他和他老妈三天的伙食,还是任性了一把，手插裤袋走了进去。

就遇到了独自坐在一张咖啡桌边、手捧脸蛋沉思的晓莉。

董进步潇洒地为晓莉埋了单,顺理成章地，送晓莉回宿舍。却没直接送回，两人沿着校内荷花池，绕了三四圈。在咖啡馆时，晓莉就一副无精打采、懒言少语之状，此时更是默默无言，董进步挖空心思，讲笑话逗她，晓莉不笑，董进步说，“笑一笑嘛，严肃一晚上了。”晓莉长叹一声，董进步估摸，这女孩是失恋了。

次日下班后，董进步直奔晓莉校园，守在女生宿舍楼外，等候。女生宿舍他是进不去的，昨晚上他也没问晓莉住几号宿舍，不是没想起，而是不想给她留下别有用心的印象，否则此时，就可通过大门口传达室的呼叫器，呼叫晓莉宿舍。眼下只能等，只能期待运气之神，将晓莉送出宿舍楼。拿着书，拎着暖瓶，提着塑料桶（内装洗澡用具）或购物袋的女生们，从宿舍大门进进出出，只不见晓莉身影。他从朦胧黄昏等到天色黑尽，在大门口踱步，站立，又踱步，不断转移站立点。受过伤的腿酸涩发痛，蹲下小憩，怕晓莉蓦然出现，见状不雅，又站起来。站立的姿势，经过反复琢磨，力显超然洒脱。抬腕看表，快晚上九点了，心想再等半小时，不见人就走。分针一格格爬行，九点半快到了，九点半到了，九点半过了一分钟、两分钟、三分钟，董进步抖抖肩膀，似要抖掉笼罩下来的失意之网，转身举步，就看到了从暗淡的小路往宿舍这边走来的晓莉。

他的手本已从裤袋里抽出，此刻又端端地放回去，脸浮微笑，深情望着越走越近的晓莉。这女子却没注意到他，直接就要进大门，董进步“哎”了一声，晓莉浑然不闻，董进步只好喊:“周晓莉同学！”

晓莉转过脸，有点惊讶的样子，“是你？”

“是我，是我，小董。”

“找我？”

“啊，”他面露轻松微笑，“过来看看你。”

“你——啥时候来的？”

他看看手表，“将近三个半小时前。”

晓莉表情复杂，而他从这一派复杂中，读到了深藏不露的一丝感动。晓莉问，“找我有事吗？”

“没事，”董进步说，暗暗对自己的从容不迫感到满意，他说，“就是来看看你，昨晚你情绪不好，现在好点没？”

晓莉低头，他说，“你没事就好，那我——走了？再见！”

好失望，这女子竟然没有半句挽留的话，他走出两步，不甘心地回头，晓莉正茫然看着他，他笑了笑，问，“饿不饿？想不想去吃点东西？”

晓莉头摇到一半，忽地意识到什么似的，问，“你还没吃晚饭？”

“没有，”他拍拍肚子，“饿得前胸贴后背了。”

晓莉向他走来。

三月的夜晚乍暖还寒，树梢上那些坚持了一冬没脱落的老树叶，经不住春风的阵阵吹拂，纷纷扬扬飘落，路灯昏黄的光圈，映照出一幅幅变幻的诗意美图。董进步只觉心旷神怡，侧脸看一下晓莉，见她双臂环抱胸前，将一只文件夹紧紧搂在怀里，他体贴地问，“冷？”晓莉摇头，他说，“要不要我帮你拿？”伸手就要去拿晓莉怀里的文件夹，晓莉一让，不料文件夹里的纸页稀里哗啦掉落，董进步呀了一声，忙俯身弯腰捡拾，一阵风来，两张纸长了翅膀般飞起来，他赶着去捡，像一只鸟追逐另外的鸟。总算捡到，抖抖灰，一边往回走，一边把纸张码齐，晓莉站着不动，董进步待要亲手帮她把纸页夹进文件夹，却惊诧地看到，两行清泪滑出晓莉眼眶，他慌了，“没弄脏嘛，我拍过灰的，怎么了怎么了？”

更惊诧的是，晓莉靠进了他的怀里。

晓莉面临毕业，当务之急是找工作。她已经在行动了，寻觅招聘单位，做比较，投简历，争取面试机会。晓莉老家在外地一个小县城，她可不想回去，董进步当然也不想让她回去，他理想勾画中，毕了业的晓莉在本市找到工作，他就为她租个房子，过二人世界。问题是，晓莉求职，他基本帮不上忙，最多用自行车带着她，送她去投个简历，或参加个面试。晓莉看不上私人办的渣渣公司，未来无保障，也不想去无趣又低薪的工厂，白白耗费青春。董进步不敢发言，女友的眼界，高过他，女友的志气，高过他，他能说什么？踮起脚尖，伸长脖子，竭力为女友打听招聘信息，献宝似的，将打听来的信息，一五一十奉上，晓莉淡淡听着，并无欢欣之意。

六月逼近，晓莉的工作依然无着落，脾气变坏了，无端对他发了几次脾气。董进步以兄长姿态，憨笑忍让，以父亲胸怀，好言相抚，搂着她宽慰说，“莫急莫急，车到山前必有路。”伸嘴去亲，晓莉躲开，还推他一把，“远点，热死了。”

可他体内的荷尔蒙，已然在与她的相搂相抱中，呼啸而起。晓莉看着不算十分性感，触摸起来却令人陶醉，肌肤弹滑，腰肢柔韧，胸脯圆熟，董进步几次三番，想起郭姐。他俩已有过两次交合，第一次，在深夜的僻静林阴小径上，他拥她亲吻，越吻越激烈，越吻越忘情，嘴唇拉扯不开，皮肤骨骼恨不得嵌进对方身体里去。他下身勃然挺立，忍不住轻呼她名字说，“晓莉，莉莉，我受不了了，我要死了，要死了。”

晓莉娇喘细细，软得好似煮熟的面条，眼帘半遮，不言。他再次拥紧她，疾风暴雨地吻她的唇，她的腮，她的颈，边吻边祈求地唤她："莉莉，莉莉，你好迷人，我要死了，我真要死了。"莉莉猛地推开他，他以为她要发作，而她却伸过绵软的手，拉住他，将他引到树林深处，在树根下，做了一次鱼水之欢。他有意把擦拭过自己的面巾纸，留在裤袋里，回家后拿出在灯下察看，没看到血迹。他心里说不出是遗憾还是轻松。

第二次，他想带莉莉去找间旅馆，好好亲热一番，但最后，两人还是在草地上野合的。董进步没问莉莉以前的恋爱经历，谁没有往昔？不管她的处女红给了谁，都是过去的事了，现在她是他的女友，他要认真跟她走下去。正因为心里认定了她，他觉得跟她亲热是天经地义之事，男女恋爱，不亲热，如何爱？然而这天晚上晓莉却烦躁异常的样子，不让他亲近，还说"热死了"，董进步觉得没那么夸张，哪就热死了？他知她心情不好，更知道自己没本事为她解决实际问题，要是他有一个有本事的爹，就能像晓莉一个女同学的男友那样，通过自己的爹，为女友谋一个好饭碗；或者他自己有能耐有本事，也可一举化解女友找工作的难题，让她与焦虑拜拜。但他没有，啥都没有，只能涎着脸，伸手摸她胸，想通过与之亲热，使她乐而忘忧。

晓莉一把打掉他的手，恨恨道，“你就想着这个。”

董进步笑道，“现在又不是找工作的时间。”

晓莉尖着嗓子说，“我没心思！没心思！没心思！”

这尖音利嗓，这连续三个“没心思”，像三枚尖利飞镖，刷刷扎向他。董进步忍下乱镖猛扎之痛，好言做工作道，“我知道你心里急，急有什么用嘛，到时候实在不行的话，先随便找个工作做着，一边工作，一边再找满意的，行不行？”

“不行！”晓莉硬邦邦。

他说，“面对现实嘛，人要学会能屈能伸……”

他话未说完，晓莉冷着脸抢白道，“是，你会面对现实，你面对现实的方式，就是甘于往低处走，甘于浪费生命，甘于沉沦底层还自得其乐，这就是你的眼界和人生观！你少装出一副有经验的样子，拿你那套无聊的人生哲学来‘指导’我，你以为你是谁？”

董进步扭头就走。他就算脾气好，也不意味着没自尊，晓莉这番话，把他的尊严戳了一个大窟窿，戳得血流成河。他才明白，自己在晓莉眼里，是多么不值钱，没分量。可他是个男人！他可以吞下戏谑和玩笑，却不能稀里糊涂吃一番屈辱，晓莉大大折辱了他，她可真是毫无顾忌地折辱了他！

绝不再主动去找她了！不，是绝不再和她见面了，这关系到此为止！他伤感的是，转过一天，满肚子沸腾的气恼，竟然不争气地挥发了大半，再过一天，与她分手的决心，也开始摇摇晃晃。他期待晓莉来找他，假如她打电话来，他也准备不以牙还牙地责备她、冷淡她，还是重归于好吧，谁叫他是男人呢，谁叫他在乎她呢。可是一连三天过去，晓莉毫无声息，第四天，在他望眼欲穿的期盼中，一整天时间一点点流失直至结束，他难过极了。第五天，他坐卧不安，唉声叹气，难道晓莉真那么铁石心肠？第六天，他一大早就祈求上苍，让晓莉打来电话吧，让晓莉出现吧。心里千呼万唤，上苍无动于衷，他只好夹起尾巴，于晚饭后骑车到晓莉校园，穿过校园到女生宿舍，通过大门口的呼叫器，呼叫晓莉宿舍，回复是嘻嘻哈哈的两个字："不在"。

他等。像第一次来找晓莉那样等。等到九点，又通过呼唤器呼唤宿舍，回答依然是"不在"二字。等到十点，不见人。十一点，宿舍熄灯了，晓莉仍未现身。她到哪儿去了？她今晚不回宿舍？

满腹狐疑且忧心忡忡地离开。

次日晚上又来，情形依旧，看不到晓莉身影，董进步写了张纸条："晓莉，别生气了，我们和好吧，等你电话，董进步。"想了想，又在纸条末尾，加了两个字："想念"。纸条折好，托女生带到晓莉宿舍。

但是没有电话，一直没有，他急了，担心

晓莉出了什么事，再次跑到晓莉校园，等候在宿舍楼下。千辛万苦，总算等到了快十天未见的晓莉，晓莉对他的第一句话就是：“我们结束了，你不要再来找我了。”

董进步追问，恳求，没尊严地认错。晓莉犹如局外人，犹如石头，在他诉说恳求的过程中，一直面无表情。他说完了，她就一句话的判决书：“没用的，我们不合适，你别浪费时间了。”转身之前，加了一句，“我真的不希望你再来找我。”

留下董进步，呆如木桩。木然走到荷花池旁，瞬间泪如雨下。他是第一次，为女人流泪，极力压住雷声滚滚的呜咽，痛得心肺欲裂。

七

又回到夜不出门的状态。像重伤之人，指望时间带来疗效。

这个阶段，他老妈没怎么催问他交女友的事，原因在于他哥。刘建设跟老婆的矛盾，升级了，原先两口子遮掩着的吵嘴打架，公开化了。刘建设老婆叫张小梅，张小梅姐原来供职的皮鞋厂于三年前倒闭，失了业的张小梅两眼一抹黑，综合亲戚意见，去学打字，而后入职一家私企当打字员。不多久，私企倒闭，她又应聘到一家广告公司，学着拉广告，跑了一个月，颗粒无收。张小梅倒想坚持再干两个月，期盼业务突破零，刘建设不乐意，挣钱无把握尚在其次，他很不喜欢老婆成天在那些老板经理中穿梭，软磨硬泡赔笑脸，还陪着打麻将，还越来越讲究穿戴，刘建设讲不出什么大道理，只觉得这么下去危险，勒令老婆转行。张小梅不干，两口子几乎吵到离婚的地步。说来说去，贫贱夫妻百事哀，两口子抱头痛哭一场，张小梅毕竟退出了广告公司，后来在一家百货公司，找到一份销售员的工作。

平静日子持续不多久，两口子又爆发吵闹，而且吵得烈火熊熊。张小梅喜欢打麻将，这是她平素就有的爱好，只不过原先她打的是小牌，输赢都不大，刘建设也就睁一只眼闭一只眼，只有当张小梅打麻将打得废寝忘食，家务不做孩子不管，两口子才吵一场。而自从在广告公司混过一遭，张小梅胆子大了，气魄大了，出手也大了，不问自己实力如何，包包里有几个钱，只管跟原先小牌牌友拜拜，雄赳赳坐上打大牌的牌桌，跟人血战到底。这里面还有一个原因，她渴望多挣钱。房屋货币化政策乃大势所趋，他们现在住的房子，须交钱买下来，尽管是以内部价购房，那也是一大笔钱，家里哪有那么多积蓄？别的挣钱渠道他们够不着，打牌她则轻车熟路，久战牌桌，她没少听说那些一场牌赢几千乃至上万的传奇故事。按张小梅的想法，不敢冒险，无缘大钱，不向虎山行，不得老虎肉，不指望奢华地一战赢几千，几百也好嘛。

张小梅没想到，手气那么臭，运气那么糟，赢的是小钱，输的倒是大钱，至少对她来说是大钱，前后不到半个月，输掉了两三个月的工资。她不敢跟刘建设讲，也不甘心就这么收手作罢，输掉的，总得想办法赢回来。她相信自己会转运的。谁知事不如愿，非但没赢回亏空，反而又赔进去一些。

刘建设得知，气得暴跳如雷，张小梅输了那么多钱，本就肉痛难过，听丈夫劈头盖脸地吼骂，脾气一冲，立即跟丈夫对骂，锣对锣，鼓对鼓，针尖对麦芒，家里天昏地暗，又砸东西，砸得一地狼藉。

老太太接到孙儿电话,手抖心跳地赶过去，坐在大儿子家，叹气，垂泪。

往后隔三差五，老太太就往大儿子家跑一趟，去了还不能说，我是来看你们吵没吵架的，总得找个由头，炒个榨菜，拿两瓶麦乳精，给孙儿买双运动鞋，装作送东西，巴巴地一趟一趟跑。殚精竭虑地，劳心劳力地。

董进步陪老妈去了两趟，哥嫂之间，表面上战火消停，可他们那个家，却弥漫着一股挥之不去的暗沉之气。董进步觉得自己的哥，活得太辛苦，也太憋屈了。刘建设人不笨，做事勤恳，生活节俭，遇事还有股天生的豁达，老婆厂子倒闭时，刘建设没有愁眉苦脸，反而宽慰老婆说："天无绝人之路。"老婆找工作找得垂头丧气，刘建设只说，"大不了，去扫大街嘛，到时候我陪你扫。"对刘建设来说，他小时候那么困难的日子都过下来了，还有什么应对不了的？老婆应聘当打字员的私企又倒闭时，刘建设依然不显慌张，亲自下厨，炒了回锅肉，做了粉丝圆子汤，安抚老婆。要是多读点儿书，刘建设是能混出点模样的，可惜如今，却只能面对自己的状况唉声叹气。离婚别去想，离不起。离了婚，未必他一个人带小孩？离了婚，未必他还有什么实力能力，从相亲、交往，到张罗结婚、重组家庭，再来一趟赔钱耗神的折腾？

不离婚呢，未来的日子无疑有得磕磕绊绊。有什么办法？日子不好过，也得过。

董进步心里暗叹，这就是婚姻哪。

时光荏苒，董进步的三十二岁，一眨眼就要走过，业余打发时间的方式，跟工友打打牌，跟朱胖娃一干人打打麻将，陪老妈看看电视，跟着录音机学几首歌。他嗓子挺不错，浑厚饱满，而他最享受的是，沉浸在歌曲的旋律里，整个人就像入海之鱼，像呼呼之风，又自由，又动情，很是畅快。

三十二岁的尾巴上，他一个叫张旭的高中同学，从广州回来了。当年读书时，张旭是“瘟脑壳”一枚，读书读不动，学习学不走，老师头痛，家长伤心，高中差点毕不了业。毕业之后，隐没不见。十多年弹指一挥间，多年杳无音讯的张旭，不期然现身，成了有钱人，据说在广州做服装生意发了财。董进步接到同学电话，说衣锦还乡的张旭做东，召集老同学吃饭。次日饭桌上，董进步见到了气象大变的张旭，也见到了好些年没联系的戴英姿。戴英姿仍在那家饮食店工作，早结了婚，成了孩子他妈了，身材也变了，手臂粗圆，小腹鼓鼓的，一见之下，董进步以为她又怀孕了呢。戴英姿说，“还没结婚啊董进步？你究竟要找个什么样的仙女哟？”

戴英姿一句没提他俩当年的恩怨。时间是魔术，再大的恩怨也能冲得七零八落，何况他俩之间，实在说不上有什么不得了的过节，相逢一笑泯恩仇，就是必然的了。饭桌上，戴英姿跟他说说笑笑，说，“董进步，你除了头发少了点，倒是一点没变。”

董进步嘿嘿一笑，他的发际线已明显上升，不过这时候，他对头发的事情还没太在意。

不说他与戴英姿的重逢，过几天，张旭邀约几个男同学去夜总会消遣，董进步在受邀之列。董进步没进过夜总会，做出见惯不惊的自如姿态，感受这场所的声色犬马。张旭点了几名小姐，陪他们唱歌，一个小妹送酒水进来，张旭不知怎么，看上了这位小妹，要她留下来陪着唱歌。

小妹婉拒说，“我是服务生，不陪唱歌。”

张旭说，“给你双倍小费，行不？”

小妹摇头，“我不能留在这儿。”

张旭说，“我给你们领班说，你就留在这儿。”

小妹依然摇头。一旁的董进步打量这个小妹，白衣中裙，素面朝天，一头直发扎成马尾，跟在场几个庸脂俗粉的陪唱女一比，颇有一股清新之风，尤其一双黑黝黝的眼睛，看着令人心动。

张旭不甘心地游说，“莫那么死脑筋嘛，有钱不挣啊？”说着就要走出包间，去喊领班，小妹赌气说，“我不留在这，我不陪唱歌。”边说边往外走。张旭来气了，说，“莫这么犟，不要敬酒不吃吃罚酒，这是夜总会，你是不是在这儿服务的？”小妹满脸委屈站住，董进步见状，忙上前拉住张旭，打哈哈劝说。那几个久经沙场的陪唱小姐，当然是老道的，此时已然一拥而上，团团围定张旭，搂的搂，拉的拉，嘻嘻哈哈把张旭绑架到沙发上，按住。小妹一溜烟走了。

接下来，一帮男女掷骰子喝酒，闹麻麻唱歌，包间里烟雾腾腾。董进步觉得胸闷，走出包间，站在走廊里点一支烟，只见刚才的小妹拿着空托盘，从另一个包间出来。小妹经过他身边时，董进步点点头，笑一笑，小妹也笑一笑，董进步微微躬身说，“刚才的事，我替我朋友向你道歉哈。”

小妹半垂下头，忽而调皮地一笑，往前走了，走两步，又回头瞄他一眼，再一笑。

董进步判断，这女子大概只有十八九岁。回包间待了不到半小时，他再次出来，在走廊里漫游，东看看，西瞅瞅，消磨时间。又看到了那个小妹。此刻小妹无事，正站在一个角落，研究自己的手指甲。董进步上前搭话，聊了一会儿，得知小妹的名字叫琳琳，不出他所料，琳琳只有十九岁，而让他意外的是，琳琳竟是个大学二年级的学生，利用暑假时间来打工。琳琳说，“反正回家也不好玩。”

董进步没想到，他对琳琳的追求是那么容易就成了，简直就是心想事成。琳琳不像晓莉那么高深莫测，琳琳性格爽快，心思简单，做事随性，那天晚上，董进步把自己的传呼机号留给了琳琳，过了几天，果然接到传呼，琳琳在电话那头说，她和一个女同学想去吃小火锅，“你来不？”琳琳问。

有啥可说的呢，去。

为了琳琳，董进步租了一套带家具电器的房子，跟琳琳同居。自一开始，他就做好分道扬镳的心理准备，且不说他与琳琳之间十三四岁的年龄差距，从经济实力、社会地位来说，他亦没半分优势。他压根不是琳琳最初误以为的有钱人，现在不是，将来也不可能是。倒不是说琳琳多么嫌贫爱富，但人家一个不到二十岁的小姑娘，找一个比自己大十多岁的男人，总要图点什么，即便啥都不图，她这个年龄，变数也是很大的。

饶是如此这般,他还是尽心尽力对琳琳好。琳琳要看影碟，他买了VCD，琳琳彻夜看，他彻夜陪，陪到下半夜实在撑不住盹着了，琳琳摇晃他，他便挣扎着张开眼睛。琳琳早晨赖床，不肯起来去上课，他左哄右劝，把她拉起来，给她穿衣服，用自行车把她送到学校。周末回家看老妈，他先把中饭晚饭做好，放在餐桌上，叮嘱琳琳到饭点时热了吃，才出门。老妈很想见见琳琳，但琳琳不肯，琳琳说，“不去，好吓人。”董进步说，“我妈又不吃人，我妈人多好的，见了你就晓得了。”琳琳依旧不肯。董进步其实也不愿琳琳跟老妈相见，他和琳琳远未到谈婚论嫁的阶段，未来如何，还是个巨大问号，老妈介入，为时尚早。他怎么跟老妈说得清，他“一颗红心，两种准备”，究竟出于什么心理。

果不其然，他们的同居生活过了大约十个月，琳琳终究跟他掰了。掰之前，琳琳频繁跟他闹别扭，一言不合，穿着睡衣跳下床，拉开门就走，害得他拿着手电，深一脚浅一脚，在夜晚黑黢黢的小巷里，穿梭寻觅，低声呼唤，有几次，还寻到了河边。寻到她，她嘻嘻一笑，倒不再继续别扭，乖乖跟他回。董进步恳求说，“下次不要搞这种名堂了，一折腾，半个晚上没了，老这个样，人咋受得住？”琳琳一梗脖子，使性子说，“该。”

或者上完课不回家，待在学校宿舍。琳琳宿舍的床位还保留着。董进步只得一遍遍，去学校找她，找到人，要带回家，就得请她和她的同学吃饭。董进步以为，没必要一趟趟请她同学吃饭，何况也支应不起，琳琳不管三七二十一，只说他小气，“我们吃的都是便宜饭，能花几个钱？小气小气，你就是小气！”

他无奈叹气。

还有就是他的头发。因跟琳琳这个小女子谈朋友，董进步对自己不断上升的发际线前所未有地关注，晨起对镜，前看后看，晚间洗漱，也反复观瞻，发觉顶发又少了些，忍不住问琳琳：“你看我头顶上的头发是不是又少了点？”

琳琳瞄他一眼，轻飘飘说，“是啊，要秃顶啰。”

“咋这么说话呢，没同情心嘛。”

“我有同情心，你头发就不脱了？我使劲同情你，你头发就长回来了？再说了，你凭啥说我没同情心？对你说几句假话，就是有同情心了？”

琳琳跟他掰前的一个月，与同年级的一个男生往来日益密切，董进步哪能看不出苗头？看出了苗头，也就看出了他俩的分手之日正大踏步奔来。所以，当琳琳低着头跟他说，想和他断了的时候，他心里无波无澜，很是平静，甚而笑着关照她：“以后自己照顾好自己。”琳琳惊讶，试探着问他：“你不骂我？”董进步笑，“我们算是有缘分的了，缘来缘去，顺其自然，我做啥要骂你？”琳琳低头好一会儿，抬起头时，又大又黑的眼睛裹一层泪光，像微雨浸湿的黑宝石。这是琳琳留给他最深的印象。

掐指算来，他和琳琳在一起，有小一年之久，这是到目前为止，他与对方交往时间最长也最深入的一次，但这次分手对他的打击，却远不如之前与晓莉的分手。

八

从三十四到三十六岁，通过同学、朋友、熟人介绍，董进步跟好几个女子见过面，有的还有过短暂交往。其中一个是戴英姿介绍的，姓秦，小名三妹。三妹的特点是漂亮，极其漂亮，用沉鱼落雁来形容，不为过。三妹跟戴英姿原本不认识，打麻将打成了熟人。戴英姿介绍说，三妹跟前男友刚分手，那男友是个财力雄厚的老板，虽然有钱，对三妹出手也大方，可惜脾气怪，高兴时，与三妹恩爱有加，不高兴时，脾气如火山喷发，吼声如猛虎啸林，拿到什么砸什么；另一点是控制欲强，三妹一言一行，都得按他的意思做，否则后果严重。他已经砸了三妹的三个手机，手机是他买的，砸了之后，他轻轻松松，又买一个给她就是。三妹跟了前男友近四年，不堪其苦，痛下决心离开。

董进步结识三妹的时候，是2000年上半年。这个年份，对于大部分普通人来说，手机不说是奢侈品,也是昂贵物品,哪是说买就买的。董进步尚不敢问津手机，人家三妹已经换了好几部手机了。

戴英姿鼓励董进步说，“人家三妹就想找一个脾气好的，安安生生过日子，你犹豫个啥呢。”戴英姿又说，“我看你们两个挺合适。”

这话不可全信，也不可不信。之所以有点信，董进步后来想，主要是他被三妹的美貌迷住了，愿意相信他和三妹之间，多少有点可能性。既然有可能性，一步不前就退缩，不是男人本色。也不怪他自不量力，谁叫三妹美得攻无不克呢。

当然，董进步也不是全然发昏，怎不知经历过奢华的三妹，不可能轻易爱上清汤寡水的草民生活，就算她理智上愿意俯就，习惯上也难以适应。所以他跟三妹接近，总带着一点防守的意思。三妹呢，与他一起坐咖啡馆、坐酒吧时，虽也说说笑笑，但董进步看得出，三妹对他没什么热情。

他拉过三妹的手，仅此而已。三妹的手柔滑如荑，董进步内心的声音是，这就是他和三妹到顶的缘分了。

过几天，三妹通过戴英姿转告他：到此为止。戴英姿转告了这话之后，遗憾地解释说，主要是三妹那个前男友，回头来找三妹了。戴英姿说，“老同学，你就是经济实力差了点，否则完全可以跟那个怪脾气东西比一比的，我看三妹跟他，没啥好结果。”

有没有好结果，又如何？不关他的事了。至于经济实力，他这辈子就这样了，未必他还能去办个公司，做做生意，大把赚钱之后跟人一决高下？做做梦是可以的。戴英姿出主意说，“张旭不是在这儿开了个分公司吗，你去跟张旭说一说，跟着他干呗，说不定给你个副总经理当当，最不济，部门经理，独当一面，总比你在你们那公司做小职员强。”

董进步思量再三，放弃。他不是独当一面的料，头衔职位，说来光鲜好听，但你若没那个本事，是吃不下那碗饭的，任什么头衔，说没就没。现摆在眼前的，有两个例子，一个是他哥刘建设的同学谢矮子。谢矮子胆子大，许多年前，他曾和刘建设一块儿徒步几十公里到龙泉山，逮飞鸟捡野果。下岗后，谢矮子进私人公司混，当副总，见人奉上精美名片，“副总经理”几个字，隆重地附于其名字之后；私人公司垮台，换一家私人公司，当部门经理，又把那公司干垮了，再换一家，当业务经理。而今在学开车，考驾照，准备跟人合开出租车，人称“垮杆经理”。另一个是董进步读函授大专的同学，那男生牛皮哄哄，自以为天之骄子，铆足劲想开天辟地，结果年复一年江河日下，跟谢矮子一样，从副总干到低级业务员，饱尝动辄失业之苦。

董进步最承受不起的，就是失业，失了业，谁照管他妈？这几年，他姐一家挣了些钱，可惜这头挣到，那头流水般花出去，首先是买房和装修，接着他姐的婆婆患了肾病，看病就医，又是大把花钱；还有他姐的儿子，高中快毕业了，成绩中下，对近在眼前的高考毫无信心。他姐自己没读上大学，一心要让儿子读大学，考不上的话，哪怕让儿子当自费生，也要送他进大学，这又是一笔省不下来的钱。还不说她儿子将来结婚买房的花销。他哥家的日子过得紧巴巴，就别指望了。说来说去，他妈只能靠着他，也该靠着他。

为了老妈，稳重为上，私人公司哪有国资公司保险，他可不轻易冒险。

虽这般打定了主意，他内心还是因不甘

而若有所失。好在头发问题转移了注意力。三十六岁没到，头发脱落已成明显趋势，脑门越来越高，顶发日渐稀疏。他忧心忡忡，继而忧心成习惯，每天检测头顶，想方设法，以周边头发遮盖微秃顶心。打听固发偏方，寻访治疗脱发的小诊所，买来草药和药膏，内服外擦，忙得不亦乐乎。聊感宽慰的是，面孔没一点衰老迹象，腹部紧致依然，看着还是二十多岁模样。

公司重新整合部门，内部做岗位调整，董进步进了设备管理部。这个部门负责公司各种设备器材如起重机、升降机、钢筋切割机、砼泵、桩机、焊机、脚手架等等的管理调度和保养，包括旧设备的报废、新购设备的提案、各种设备器材的外租工作。董进步具体负责外租工作，有其他建筑公司要租赁他们公司的什么机器什么设备，他就去到库房，做清点，做交接，做现场监察，租用到期，再负责回收入库，破损的、丢失的照价赔偿。说是库房，其实是公司在城郊接合部圈下的一片地，围起来，修建了些简易房子，还有一大片空地，不能淋雨受潮的器材，放进房里保管，大型机械，停放在空地。

这份工作，比起之前他做司索一职，清闲多了，亦无需日晒雨淋。在董进步看来，这也算管理工作，虽说管理的是机械器材。他去学了驾驶，又多一门技术，不久便能够独自开上公司里的面包车，奔跑在公司与库房间的道路上。天气好的日子，他稳坐驾驶位，手扶方向盘，风从窗口涌进，阳光打在路面上，他感到神清气爽。

有一天，一个打扮得花枝招展的女子，前来联系业务，要租借董进步他们公司的一批脚手架。这女子并非开建筑公司的，也不是承包工程的，她做的，是设备器材租赁业务，把脚手架之类的器材，租给乙方，收取费用。有时遇到乙方租用的数量大，超出她的能力，或者前面刚租出去一批，紧接着又有人寻租，她手上所剩数量不够，就得去向别的公司筹借，以凑够数量。她来到董进步所在公司，就是来“借”脚手架的。

这女子姓孔，比董进步大一岁，董进步称

呼她孔姐。一个女子，在这样一个行当里求生活，其辛苦艰难，董进步无需多问，也能想见。眼下城市化进程迅猛，到处都是铺路修桥，挖地盖楼的响动，到处都是热火朝天，生机盎然，但挣钱机会多，竞争也大，像设备器材租赁业这样无需技术含量的行当，竞争更激烈。激烈厮杀之下，人多变得如狼似虎，要么灰头土脸，而前来谈业务的孔姐，则给人春风和煦、举重若轻的印象。一方面，她一笑一嗔，争取最惠待遇，一方面，哪怕谈不拢，也不气急，买卖不成人情在嘛。董进步对孔姐的感受好，有心帮她，能给予的方便和优惠，尽量给予。

一来二去，他跟孔姐熟悉起来。他奇怪孔姐这么个柔弱女子，竟涉足这个行当，而孔姐则奇怪他三十八岁了，还没有结婚，甚至连女朋友都没有。孔姐笑嘻嘻说，“小董，你这么漂亮又文雅的小伙子，咋还没成家呢？”

董进步说，“就是啊，运气不好嘛。”

“你是想结婚呢，还是不想？”

“以前不太想，现在有合适的，当然想啰。”

孔姐点点头，笑说，“我知道了，以前喜欢耍，眼光还高，现在到了这个年龄，确实该有个家了。”

董进步顺着这话，笑着请求，“孔姐给介绍一个？”

孔姐说，“这没问题，关键是你想找个什么样的，有什么要求？”

董进步说，“没啥特别要求，只要人好，气质好，有稳当工作，就行了。”

孔姐笑了，说，“小董就是不一般，要求气质，我问你，年纪大你两三岁，介意不？”

董进步踌躇，孔姐继续说，“虽然大你一点，但对方条件好，有公司，有事业，是个女老板，长相嘛，实话说不算特别漂亮，但是气质没得说。离过婚，小孩跟她前夫过，对她的个人生活没影响。人家眼光也高呢，不过我想，她不会看不上小董。”

“未必。”董进步说，“我是个一没钱二没本事的人哪。”

“我了解她，你放心，她不会计较钱不钱

的，她更看重人。当然了，看得上看不上，是你们两个自己的事情，得你们见了面，再说下文，也许是你看不上她呢。不过我觉得啊，小董，孔姐是过来人，你听孔姐一句劝：能找到个经济条件好、一心干事业的女人，是福气，至少生活没压力嘛，现在生活压力多大！而干事业的女人呢，成天在外面打拼，更需要家庭温暖，她不求你挣多少钱，只需要你对她多关心、多体贴。你们如果有缘走到一起，互相取长补短，咋不好呢，对不？”

董进步只是笑，不说话，孔姐又说，“对你来说，找个富姐，难道就丢人了？你照样上班嘛，只是不需要削尖脑袋去挣钱。其实想找富姐的人多了，但人家未必是傻的？人家不会考察对方心里究竟打的什么算盘？我看得出，小董人品好，心善，为人又文雅，做事又细致，我看人是不会走眼的。我觉得你们合适，就看你们的缘分了。”

孔姐介绍给他的，是徐姐。徐姐快四十一岁了，苹果脸，粗眉毛，脸上有隐隐横肉，声音喑哑，长相令董进步心生敬畏。但徐姐确实有气质，那是一股掩映于豪爽之下的霸气。董进步和徐姐的第一次见面，在假日饭店的咖啡厅，董进步先到，坐了几分钟，就见一中年女子，着昂贵真丝面料西服裙，拎 LV 女包，稳步走进咖啡厅，微微站一站，眼睛不动声色一扫厅堂，便准确向他的座位走来。董进步站将起来，徐姐说，“小董是吧？”

入座，把一只最新款的手机放在桌面上，手一抬，招呼服务生前来伺候。抬手时，露出手腕上镶钻的精巧女表，估计是欧米茄。

董进步的心情是惴惴不安，继而强烈感觉到，自己跟眼前的徐姐，完全是两个世界的人。又怎么样呢，总不能撒腿就跑。既来之，则安之，董进步有分寸地，跟徐姐寒暄，一五一十，回答徐姐的提问。不指望她看上自己，所以他对自己的现实状况，从家境，到工作，到收入，都实诚交代，他对自己的一切并不感到羞愧，不就是家庭条件差点吗，不就是挣钱少点吗，再差，他也是国企正式职员，还是做管理的呢。

徐姐微微笑着，笑起来时，竟显出几分慈眉善目。徐姐亲切地问，“小董咋就一直没结婚呢？”董进步说，“恋爱是谈过的，就是没缘分走进婚姻，纯粹是运气问题，不是身体问题，我也没得什么异常爱好，我一切正常。”

徐姐呵呵笑了，笑得爽然。说话间，董进步也放开了，问徐姐有什么业余爱好。徐姐说，一天忙到晚，哪有什么闲心去培养爱好，说罢问董进步：“你呢？”董进步说，自己喜欢音乐，喜欢开车，说到理查德·克莱德曼的钢琴曲，说到二胡《二泉映月》、《空山鸟语》等。徐姐笑吟吟的，说，“小董还挺有文艺细胞的。”

尽管两人谈得也算融洽，可是董进步觉得，他们实在不匹配，尤其是，在徐姐面前，他呼唤不出心动或怜香惜玉的感觉。他们互留了手机号码，董进步却不打算跟徐姐联系，就那么不了了之吧。

次日，孔姐一个电话打来，说徐姐对他印

象不错，只一点，觉得他头发少了点，孔姐笑起来，“当然这不是啥问题，徐姐一点没有在乎这个的意思。你主动给徐姐打个电话，约她一起吃个饭吧。”

董进步不会拒绝人。于是有了和徐姐的第二次见面。饭后董进步掏钱包准备埋单，上次喝咖啡，是徐姐埋的单，当时他也做出要埋单的样子，徐姐摆摆手：“小董，不要争，公共场所争来争去不好看。”这次徐姐依然阻止：“小董，跟我就不要客气了。”

俗话说吃人嘴软，董进步惭愧地意识到，两次徐姐埋单，自己毫无破费，这感觉是挺轻松愉快的。也许孔姐说得对，找个富姐，有啥丢人的呢？别人怎么看是别人的事，自己活得滋润快活，才是根本。也许这就是他的命。

过两天，董进步调休，想约徐姐喝茶，彼此谈谈，加深了解；主要是，他想找到点感觉。即便他们是为了结婚的目的认识的，彼此认可对方条件，按说就无需再废话了，下一步，该把二人关系推入谈婚论嫁的实质阶段，可是董进步还是在意感觉。眼下没感觉，总要试一试嘛，徐姐再霸气，总归是女人嘛。徐姐电话里说，“调休啊？那下午到我公司里来吧。”

徐姐做的是教学器材的生意，公司设在一幢堂皇写字楼里。董进步按地址找过去。徐姐接着他，领他参观公司办公环境。办公室面积一百多平方米，陈设讲究，进门玄关，玄关上镀金帆船一艘，玄关后面，一条靠墙的红木曲腿案几上，摆放扬蹄奔马，奔马上方，端挂财神神龛。财务室另辟一小间，老板室又另辟一间，室内，老板桌，大班椅，桌上水晶名片盒，电话机，红木托具托起苴却砚一方；旁边真皮大沙发，敦实茶几上，紫砂功夫茶茶具。

董进步小心翼翼，落座沙发，话未说两句，徐姐接了个电话，放下电话，到外间去对职员吩咐事情。没一分钟，董进步就听见徐姐陡然飙起的恼怒之声，他吓一跳，忍不住起身，轻轻走到老板室门口，屏息张望。只见徐姐一脸怒容，一干职员垂手恭立，诚惶诚恐，徐姐手指红木曲腿案几，厉声问，“说话啊，谁动过？

都是死人哪？都没看见？”

不期然瞄见徐姐眼睛，他顿觉脑后凉意嗖嗖。徐姐眼光如刀锋，寒凉、冷酷、凛冽无比。

过一会儿，徐姐回到老板室，神情恢复如常，对董进步解释说，刚才发火，是因为有人动过案几上奔马马头的朝向。徐姐说，这屋内所有物品的摆放，都是她专门请堪舆师做过指点的，是大有讲究的，动一动，风水就破了。徐姐说，做生意特别讲究这个。

董进步呵呵笑着，笑得神思涣散。他忘不了徐姐方才的眼神，心里只有两个字：可怕。万一将来他不留神做了什么事惹怒了徐姐，她不把他一口吃了啊。

九

四十岁了，董进步也说不清是怎么回事，一晃就到了这个年龄。

去年，他把头发全部剃除，以铮亮光头示人。头发没了，更显精神与年轻，他模样基本未变，眼角皱纹很少，唯略略有了眼袋。有人开玩笑说，他那张脸，就像存进了冰箱。公司里，领导们，师傅们，同事们，仍叫他小董。他喜欢，本来就显年轻嘛，比起同龄人，他越活越像他们的晚辈。

只是偶尔沉默发呆时，他那张光洁的脸上，会让人意外窥见类似悲戚茫然的神情。

他知道，可能有人在背后说他有某种怪癖，乃至议论他胯下有啥问题。管他的，他的大脑筛选器，只为他筛选正面信息：多少在婚姻家庭里忍辱负重的人，羡慕他单身的逍遥自在和轻松。未婚的好处还有一点，依然走在希望的田野上。

他并不觉得自己进入了中年，时而甚至有仍在二十多岁的错觉。十多年前的牛仔裤、T 恤衫，照样穿得下。只是世界变化快，张眼望望，城市早已不再是过去的城市，旧房旧街拆除改造，高楼大厦鳞次栉比，城市边沿不断外扩，新的酒店饭馆、广场会所、步行街商业街，眨眼间冒出；过去大杂院、老楼房盛行的邻里一家亲的氛围，不知不觉间如烟而逝，如今电梯公寓里，谁还端个碗串门？周末谁家整日把大门敞开着？同一幢楼里，发生了入室抢劫或死人之事，邻居们可能要从报纸或电视新闻里获知。董进步记得，自己小时候，大人们谈论的是短缺的米面油盐，谈论的是在哪儿可以买到无需票证的鸡蛋以及如何多弄到几副劳保线手套，拆了打线衣；而今啥都不短缺了，但啥都不安全了，大米、蔬菜、猪肉、水产、禽类、水果，样样带毒，自来水也成问题，怎么办呢，还不得闭着眼睛吃喝？人们很快也就习以为常了，毕竟一时半会儿死不了。八十年代人们不得不节衣缩食追求的电视机、洗衣机和冰箱，已然普及百姓家；八十年代随处可见的缝纫店，已然被五光十色的时装店取代；超市从无到有，到遍地开花；成人外语学校、电脑培训班和出国留学辅导班，接连挂牌。日新月异成为常态，也就没啥可惊叹的了。董进步喜欢去到商场，观看了解新品迭出的各类小家电，给老妈买回一只新款电饭锅，不久又买了一台豆浆机。

逐渐普及的，还有手机、电脑乃至私家车。董进步把一台电脑买回家的时候，老妈十分稀奇："这是啥玩意儿？"

他告诉老妈："这是电脑。"

老妈问，"拿来做啥用？"

"上网，看新闻，逛论坛，跟人'说话'，就是文字交流。"

老妈妈不明白，这个小电视一样的玩意儿，如何跟人"说话"？董进步做了解释，老妈似懂非懂，说，"如今这些新式玩意儿，搞不懂哟。"

他老妈看着不甚结实，身体状况则一直还好，仅在去年秋天，因心包炎住了几天医院。那场病，把董进步着实吓得够呛，他与老妈相依为命几十年，每天下班回到家，看到老妈身影，吃着老妈端上的热饭菜，他觉得踏实、惬意，不可想象万一老妈有个三长两短，他日子怎么过。老妈住院期间，他天天陪床。老妈出院后好长一段时间，晚上他能不出门，就不出门，和家中大黄猫一起，陪老妈看电视。

有天晚上，他伴着老妈看电视，无缘无故地，老妈突然抹起了眼泪。他不明所以，忙问老妈咋了，是不是哪儿不舒服。老妈摇头，只顾抹眼睛，他急了，老妈才说，“我是想到你，四十岁了，啥时候才结得了婚哪。”

董进步舒口气，说，“唉，我还以为啥子事，你把我吓一大跳，我不还在找嘛？放心，找得到的。”

老妈愁闷摇头，说，“不好办哪，现在的女娃子，年轻的不懂事，懂事的不年轻，不年轻还好说，身边拖个娃娃，难道你愿意给人当后爹？唉。”

他陡然佩服起老妈来，莫看老妈老天拔地，活动范围最远至菜市场和小超市，往来的不过院子里几个老孃孃，大部分时间窝在家里，老妈这番话，却十足说到了点子上。现在的女子真的是年轻的不懂事，懂事的不年轻，不年轻并非大问题，关键是有拖累。徐姐之后，他并未停止寻觅女友的步伐，他去找朱胖娃，朱胖娃给他列出两个女子，年龄与他相当，都是离过婚带着孩子的。他左思右想，下决心见了其中一个，这是朱胖娃老婆一个亲戚的同事，姓方。果如朱胖娃所言，对方长相顺眼，言谈温婉，气度沉静，他们在肯德基店门口见了面，董进步提议进店喝杯饮料，方姓女子微笑说，“不如我们到那边走一走吧。”带他走入一条相对僻静的街道，在绿化带中的长椅上，跟他坐了会儿，免他破钞。

问题在于她的女儿，那是个病孩子，常年看病吃药，而亲生父亲不闻不问。说起孩子，说起这些年带孩子远远近近求医问药的经历，方姓女子不禁泪水涟涟。董进步深为同情。然同情归同情，他一介凡夫俗子，经济实力又不咋样，实在当不起救苦救难的圣人。

当年大专函授班一个同学，在一家文化公司任职，那公司时不时搞些活动，明星演唱会啦，作家签售会啦之类。有次董进步路遇该同学，听说对方公司搞这类活动，表示兴趣，半个多月后，接到同学电话，说有个商界女老板的处女作发布会。董进步应邀去到现场，出新书的女老板是做房地产的，写了一本人生感悟散文集，豪华地包了一个会所，做新书发布活动场地。董进步的同学跑前跑后地忙，董进步只得找张桌子，独自镇守在一杯饮料旁，以默默无言遮掩心中的孤独和慌乱，面前晃动的，都是些气宇轩昂的男女，彼此招呼、寒暄、说笑，热热闹闹，唯他像根孤零零漂浮的木头，在浪花迭起的河面上找不着北。幸而有个女子跟他搭话了，这女子颧骨高耸，打扮别致，神态顽皮，董进步感激地回应。闲聊时，董进步的同学走过来，董进步才知，这位叫小唐的女子，是同学的一位同事的堂妹。

小唐青春洋溢，谈吐直率大胆，得知董进步还是单身，嘴皮一碰说，“哎，那你追我吧。”董进步问怎么追，小唐嘻嘻说，“请我吃饭啊，看电影啊，泡吧啊，这都要问。”

过一天，董进步给小唐打了电话。问小唐想吃什么呢。小唐说，“日本料理吧。”

这女子要求高啊。董进步委婉说，“你喜

欢日本料理啊？好是好，但有个问题啊，我有点吃不来，吃了拉肚子。”

其实他连日本料理店的门都没进过，只听说价格昂贵。

小唐说，“那就泰国菜吧。”

这女子，把他当大款了？当成功人士了？这样的女子，他可追不起。心一横，不顾什么面子不面子的了，笑说，“小唐，我平头百姓一个，请不起那么豪华的大餐。”

电话那头，小唐睥睨道，“泰国菜算什么豪华大餐？你请人吃饭没诚意耶，那干吗要问我想吃什么？”

董进步语塞，小唐又说，“董先生，你咋混的哟。”

笑嘻嘻挂了电话。

此时，老妈一语道破他的现实困境，他佩服之余，还得宽解老妈的心，对老妈说，“这种事，急，急不来，灰心也不必，道路是曲折的，前途总是光明的。我不才四十岁嘛，就是到五六十岁，也是有希望的。”

老妈举手要打他，“你还敢等到五六十岁？”

董进步做闪躲状，对老妈保证说，“我努力，我努力。”

网络是个宝，让董进步深感幸运，他在通过熟人、朋友介绍女友这条道路上，几乎走到尽头时，如火如荼发展的网络，把他拉进了怀抱，新的世界由此打开，新的希望由此铺陈。有了网络，他不仅可以逛论坛看新闻消磨时间，在结交异性的道路上，更是重获生机，好比乘上了直升机，御风飞翔，日行千里，好不如意。

他注册了一个QQ号，通过QQ，与人相识，与人聊天。起初一段时间，他兴趣很大，大把大把时间耗在电脑前，犹如回到二十多岁的跳舞时代，相当沉迷，乐此不疲。时间稍长，他也发现问题，QQ后面，未必都是他以为的那个人，性别、年龄、长相、职业，通通可以虚构。他一点点理解了，啥叫虚拟世界。

他约见一个聊得来的Q友，出现在眼前的女子，他左看右看，觉得该有四十岁以上，尽管对方说自己只三十岁。年龄且不论，该女脸色青灰，嘴唇乌紫，董进步怀疑她嗑药，要不就是有什么严重的身体毛病。

尝试过一夜情。对方是个鸡心脸雀斑密布小女子，龅牙突兀，他忍受下来。问题是，深更半夜她才向他吐露实情：她并非自己声称的报社女记者，而是卖保险的。董进步哭笑不得，尽量以轻松口吻问她："为啥QQ上不说呢？"

龅牙女说，"我当过记者的啊，一个月而已。"

"现在总不是嘛。"他说，暗含责备之意，不喜欢被骗。

"怎么了？"龅牙女变了脸色，"有你这么斤斤计较的吗？我又没打算嫁给你。"

"说假话总归不好。"

女子像看外星人般，从他头顶看到下颌，道，"你是从火星来的？这不就是个骗人的世界吗？"

但愿她不曾到处跟人乱来，带有什么隐秘的潜伏的性疾。想起以前跳桩桩舞时期的教训，赶紧收手，退回安全地带。还是那句话，安全第一。

给自己打手枪，自己解决问题。

十

网上相亲，是董进步在四十三岁开始的一项工程。

比起 QQ 交友，网络相亲目的明确，相亲者的资料、照片挂在网上，信息可靠得多，不像 QQ 那么云里雾里，费人神思。网络相亲，说到底就是自助相亲，好似吃自助餐，喜欢哪盘端哪盘，而且，资源那么丰富，品种那么齐全，挑选余地那么大，让他马上有了曙光在前头的兴奋之感。

他当时想，半年之内，解决婚姻问题。若真能顺利解决，也算人到中年，翻开人生崭新一页；也算在适当的年龄，找到了感情归宿，这辈子就没啥缺憾了。

当然明白，如今这时代人们都现实，女人

们更现实。现实不是错，不现实，难道谁还能餐风饮露过日子？他也现实，正因为现实，他知道以他的条件，不可能问鼎太年轻光鲜的女子。那就找三十多岁的，主要一个要求是，最好未婚，离过婚，没孩子也行。他喜欢小孩，却不意味着，他愿意并有能力成为别人孩子的父亲，如今不是过去，现在的小孩哪个会像他哥姐当年，不论母亲嫁给谁，都乖乖认命？别说认命了，别说体贴大人了，现在的小孩多麻烦，多叛逆，多自私啊，亲生的爹娘，都要扒掉他们几层皮，后父后母，更难当。

他把自己当年出国务工、在海滩上照的青春照和肌肉照，挂到网上，想一想，不妥当，撤了。挂近照一张，焦距对准眉眼五官，光头藏在镜头之外，帅气，年轻，魅力十足。填写身高体重职业收入等个人信息时，信心满满，年纪虽不轻，身体条件好嘛；收入虽不高，没啥负担嘛；职业他写的是管理，有房有车。车子一个月前刚买，不到六万元的低档车，爱惜得不得了，毕竟跨入了有车族行列。平时很少开动，周末偶尔带老妈出趟门。

马不停蹄，投身于忙忙碌碌的筛选、写信、聊 QQ、打电话、约对方见面的事务中。

谁知热情不断受挫，昂扬的信心，在如沙堆积的时光中，不声不响委顿下去，消沉下去。深深体会到这个世界的费解，人心的费解，人的费解，这简直是一堂人生大课，而他是一个感触良多却日益困惑的学生。

那些看着模样好、条件好的，要么不靠谱，要么像一个个解不开的谜。他跟对方联系上后，对方与他聊过 QQ，打过电话，甚至见过面，给他的感觉是一切顺利，不想第二天或者下一次，对方就一言不发蒸发了。他再三从 QQ 上召唤，人家岿然沉默，试着打电话，人家根本不接，也不给个解释，令他一头雾水。

还有的是，照片跟本人完全是两个人。倒不是说她们移花接木，只不过她们挂出来的是艺术照，艺术得改天换地，让人一见之下，只觉得上当。

最初董进步以为，网络相亲比 QQ 交友，要透明，要可靠，因而要简单得多。时间长了，才知非也，本质上都是一样的。有个女子，见了面才告诉他，她离过三次婚，有两个孩子，其历史背景人物关系之复杂，令董进步敬畏。

另一个，没工作，声称除了她这个人，啥都没有，找男人，就是找饭碗。问题是她这个人，董进步虚心感受，无非一副莫名地高高在上的架势，他自觉伺候不起。

再一个，见面就详细问询他的诸种条件，他也习惯了，不急不恼，一一作答。而对方将他盘问个底朝天之后，宛然一笑，丢给他一句话：“董先生，你咋混的哟。”

跟几年前那个叫小唐的女子电话里砸给他的话，一模一样。

等等，等等。

垂头丧气，烦恼不已之下，董进步反思这件事。一开始他以为机遇无限的网络时代，实际上绝非一味地阳光灿烂，绝非一味地希望漫天，在这里，阳光与雾霾，风景与陷阱，希望与失望，如影随形，如阴抱阳，如连体兄弟，分拆不开。网络的特点，是海量的候选人，海量的机会，可正因机会太多，所以机会变得不值钱，而相亲者呢，扑腾的次数多了，心也变得油滑。因此好事不容易成就。

他自己也一样，虽然感叹相亲不易，巴不得赶紧尘埃落定，却也总怀疑没遇到更好的那一个。

就算他铁了心，不想再走这万里长征了，好歹就认定眼前这个人了，不再东张西望了，对方似乎也同样的态度，也如同疲倦到极点的人，只想停下来投宿歇脚，遇到哪家店住哪家店得了。这就算心心相印了吧，就算知音相遇了吧，谁知一件小事，小得不值一提的小事，就能使两人分崩离析，断得干脆决然，没一点挽回的余地。

三个半年过去，五个半年过去，八九个半年过去，董进步从四十三岁，相亲到四十七岁。其间，他姐的儿子、他哥的儿子先后结婚了，而他依然在寻寻觅觅。那风嘶马啸的相亲之路上，烟尘滚滚。

肌肤之亲，数夜之情，短暂一两个月的男女朋友关系，一一掠过，饱尝循环沮丧失望之苦，也只能告诫自己耐心，万不可绝望崩溃。

四十七岁过半，他总算遇到一个心仪对象，年纪不小，四十岁，未婚，容貌虽不如照片靓丽，却也耐看，显年轻，气质优雅，职业体面，一家出版社的美术编辑，还画插图，做封面设计，收入颇丰，车房俱备。

对董进步而言，该女条件优越，不是他可以奢望的类型。不过作为资深相亲者，他已大有经验，有些你以为不可能的事，偏偏是可能的，而那些你自以为十拿九稳的事，反而竹篮打水一场空。就说这个女子吧，他试着与之联系，对方做了回复，接下来，相互加 QQ 号，聊 QQ，打电话，约定见面时间，起步顺风顺水。见面之前，董进步最焦虑的是自己的光头，怕给对方第一印象不好，不过对方似乎并不太介意，和颜悦色，不时柔婉一笑。

女子姓曾，董进步叫她小曾。小曾的态度不仅令董进步信心振作，而且让他对她的好感，比见面前更有提升。这不就是他一辈子渴慕的、期待的、寻求的女子吗，有气质，有形象，有内涵，经济条件好，还没有婚史，没有小孩，可谓方方面面都好。这样一个近乎完美的女子，为何至今未嫁，落到让给他来捡漏的地步？小曾说，“一言难尽，恋爱当然是谈过的，只不过这样那样的原因，没走到婚姻而已。”

类似的话，他记得自己也说过。他理解，他接纳，他庆幸，他感激的是，小曾并不过多询问他经济实力方面的问题，问了他所做工作之后，便只跟他聊“闲篇”，爱好哪，读书时代的往事哪，遇到过的有趣的人哪，等等。也不全是闲扯，他们也彼此问到对方想找什么样的人，这是相亲双方必然要问的问题，小曾的回答简洁：“聊得来的，感觉对劲儿的。”这话在别的男人听来，或许偏于虚，可是董进步却不觉得，貌似虚泛的话里，其实包罗万象。他的想法跟小曾一模一样，看来他们是一路人哪。舒心之感洋溢全身，何止舒心呢，他几乎感到翩翩欲飞了。

当晚董进步失眠一小时，辗转反侧，思绪万千。他是否真的否极泰来了？他真能捡到小曾这个“漏”？由于太过兴奋，他不禁担忧不已，在被窝里流下说不清道不明的两滴泪。

第二次约见，他就到了小曾的住处。这是小曾主动提议的，董进步把这看做一个标志，一次跨越，而且，此举至少说明两点：一，小曾是认真的，二，小曾是体贴的。总是坐茶馆咖啡馆，再怎么，都是一笔可成为负担的花销。

他们上了床，这是董进步的强项，他毫无保留地用了全力。他觉得小曾是满意的，事后，小曾躺着，他坐着，在床上说了会儿话，而后他穿衣告辞，驱车穿过静谧、庞大的夜色，回家。

往后，他每天给小曾打一个电话，见面则两三天一次。小曾所住小区，董进步很快就熟悉了。每次他都是在家跟老妈吃过晚饭，帮老妈收拾了餐桌碗筷，再驾车来到小曾住处。来得早一些的话，两人在小区周边散散步，若时间不早，他就直接上楼，和小曾在客厅坐坐，喝口茶，上床。

他想过请小曾吃饭。相亲多年，他没请过任何一个女人吃饭，有的甚至都不请喝茶，随便找个地方，相相面，说说话，不行拉倒。对小曾，他心甘情愿破费，但是小曾婉拒了，小曾说，“你不是每天要陪你妈吃晚饭吗，还是跟你妈一块吃，吃完你再过来。”

问题不是没有，他没那么迟钝。他们之间的问题刚一露苗头时，董进步就敏感地意识到了，那就是，他们之间的共同语言偏少。小曾谈到绘画、平面设计以及出版这类话题时，他只有听的分儿，还不怎么听得懂，补课呢，临时抱佛脚得来的只鳞片爪的东西，他哪敢在小曾面前献丑。与其不伦不类、漏洞百出让小曾取笑，不如避开不谈。不谈这个，总得谈别的，他就谈他熟悉的、有把握的话题，他的行业，工作中接触过的人，还有交通啦、环保啦、污染啦、腐败啦等社会问题，他把帮着家里大黄猫打老鼠的事，说了几遍，提到过他过世的父亲，回忆他最初开车的经历，描述他选购某件东西的过程；每次和小曾散步时，见到停放得不规范的私家车，他都评说几句。

这些话题，小曾有的听得专注，有的仅淡然一笑，并不接话。小曾的话少，他就得多说，可他的话说一段少一段，因为有些话题、有些事情是不能说的，说了影响团结；至于新鲜话题，他的生活哪能给他提供那么多的新鲜。尽管每次挖空心思找话题，是有点累，但他担忧的不是这点，而是小曾温和的沉默。她的沉默以及那种淡然一笑的神情，是一种信号，一种征兆，不好的征兆。

他体会到，咂摸到，小曾对他并不满意，这个不满意，大概一开始就存在。问题在于，小曾为何不拒绝他呢，而且一直没有说出中断交往的话。他对她的不冷不热充满疑惑，却不敢直率相问，只是在心里，痛苦地为满心的希冀打个折扣。

两个多月后的一个晚上，董进步像往常一样，于晚饭后到小曾公寓。时间较早，他在楼下给小曾打了个电话，问小曾是否想散步，小曾说不想，他便上楼。茶几上有小曾给他沏好的茶，他喝茶，问小曾今天过得咋样，小曾说就那样，他说，“啥时候我请你看个电影吧。”小曾说，“行。”他站起来，说，“来，我抱一下。”

第一次到小曾住所，他用的就是这一招，行将告辞前，他说，“我能不能抱你一下，看你有多重？”就把小曾抱到了床上。其后每次他都以这种方式，行云流水地，把二人的座谈转化为卧室里的床上运动。这天晚上，小曾似有点不情愿，他没留意，然而在床上他正做得入港时，小曾却推他说，“不行，你出来。”

他暂停，问怎么了，小曾说她不舒服，董进步没看出她有什么不舒服，说，“那我轻点。”又开始运动，轻柔地，舒缓地，渴望唤起小曾的柔情和满足，小曾却皱眉，用力推了他一把，“你出去呀！”

他没说什么，抽身而出。穿上衣服，拿上手机，在门口换鞋时，小曾披了睡袍，来到门口，出于习惯，出于礼貌，他们相互抱了抱。

他一个礼拜没与小曾联系。小曾那头，如他所料地无声无息。又过一个礼拜，小曾给他打来了电话。看到手机屏幕上小曾的名字时，董进步心里的感慨实在难以言表，但他的声音却显冷淡，淡淡地“喂”了一下，小曾问，“你还好吧？”他说，“还好。”

沉默。沉默。

小曾说，“那就好。”随即挂了电话。

就像挖掘机在他胸口狠狠一挖，他只觉得胸口空空荡荡。想马上回拨电话，忍住了。想起了晓莉，想起了琳琳，想起了所有自己忍受过的深深浅浅的屈辱和痛苦，心里骂一句，去你奶奶的。

天下又不止你小曾一个女人。

过了三个多月，他才慢慢后悔，越来越后悔。左思右想之下，给小曾发了条短信，没有回复。过一天，给小曾打去电话，小曾没有接听。

又过一个月，他又试着给小曾发去一条短信，还是没有回复。

他哭了。找到朱胖娃喝酒，醉得一塌糊涂。

朱胖娃手抚他呕吐弯腰的后背，连连说，“哎呀呀，进步，小董，这是咋搞起的哟，你不一向是个开朗的人嘛。”

十一

如果有一天，你在大街上看到一个男子，脑袋光亮，头顶尖耸，身材瘦削板正，衣着挺括整洁，带着点茫然的神情骑着自行车穿街而过，或者手插裤袋，不紧不慢穿梭于人群中，你一定不会注意到他。

不会去想，他有什么悲喜，有什么爱恨，有什么故事。

就算不期然留意到了他，你的目光也一定不会在他身上停留稍长。

他就是董进步，快五十岁了，依旧单身一人。

亲爱的婚姻

1

再过几个月，王簪就三十二岁了。这个年龄，被叫做老姑娘真要算名副其实。虽说看上去王簪一点不像过了三十的女人，她身材苗条，面目清秀，皮肤说不上白皙如雪吹弹即破，却也是细致光洁，脸上没有大多数年过三十的女人似无还有的沉杂之色，那种颜色让人一看便是春华秋实的过来之人。当然，由于经常性的心情愁闷，她的肤色显得比较暗淡。不过外貌上让她自己耿耿于怀的，则是一对略显浮肿的黑眼圈。王簪是个感情细腻的人，脸上经常不惊不喜，肚子里却是千回百转，以王簪自己的看法，这双黑眼圈与其说是生理的原因，不如说是心理上的原因造成的。

“你不抽烟不喝酒，不失眠不挑食，怎么就跟黑眼圈纠缠上了呢？”卓祯爱有次问她。

“是啊，”王簪说，“老天不公嘛。”

王簪周围，有几个跟她年龄相当的女友，有的结了婚，有的还没嫁人。卓祯爱跟王簪一样，也是明日复明日，一直没结婚。放到三四年前，早早嫁作他人妇的卫忽忽对单身的王簪等人的嫉羡，可谓形于言表无遮无拦。那时候，她们几个都在一家成天忙得鸡飞狗跳的报社做同事，于同一间大办公室的不同部门闻鸡起舞，熬夜加班，每天各自手头的活儿告一段落，便凑到一处说笑休憩。

几个女人为人做事各有一套。卓祯爱一头染成亚麻色的披肩卷发，衣着风格跨度很大，手里时常捏着一支香烟玩来玩去，玩皱后一把团进手心扔进烟缸，然后点上另一支烟。她性情洒脱，却又不时有神秘主义倾向的言行。在情感方面，三四年前的卓祯爱是要风得风要雨得雨，桃花运高照，企图在她池塘里搅一水的男人前赴后继。彼时王簪也处于两个男友之间，关系剪不断，理还乱。卫忽忽看在眼里，嫉在心头。卫忽忽从一个小城市来到成都这么个万紫千红的大都市，先在一家小报一手写新闻一手拉广告，而后才挤进这家发行量铺天盖地的K报。环境一变，视野一开，卫忽忽的活力和贪心便呈井喷状喷发。

卫忽忽身材娇小，却能吃好动，精力无穷，做事的能量非常人可比。到了K报后，她一心一意要让自己迈向一段物质、艳情与性生活万木争春的峥嵘岁月，以弥补过去生活的沉闷单调。她后悔自己过早结了婚，大学毕业不久便懵懵懂懂一头扎进婚姻的笼子；而走到这一步，才看到人生可以享乐的事情犹如一幅徐徐铺开的宏伟画卷。可眼界上登高望远了有什么用，身边一个食之无味弃之可惜的老公，好比给她戴上了副看不见的镣铐，没法放开手脚去施展。

卫忽忽发自内心地认为，身为单身女人的卓祯爱和王簪过的才是天堂般的日子。

卓祯爱不止一次给卫忽忽说过，事情其实不是她想象的那样，单身也好，围城也好，没有十全十美的事，都有各自扎在背上的一把芒刺。再说，也不能光看表面上的车水马龙，落到实处的感觉自己最清楚。

卫忽忽不以为然，她以为这是卓祯爱不知足的表现，“有那么多男人围着转你们还不满足，你们富甲一方还喊日子不好过，那我们怎么办？”

一有空闲,卫忽忽便计较自己结婚的得失，她嘴里对于婚姻的奇谈怪论，像开水锅里的泡泡冒个不绝。一天晚饭时，卫忽忽一边喝汤吃肉，一边向饭桌上几个女同事宣布被她灵光一现想透的一个问题，那就是：婚姻更有利于女人的说法，其实是男人放出的功效持久的烟幕弹。表面上女人从婚姻中获利大于男人，根本上是男人占大便宜，相当于一次埋单终身享用。尤其像她们这种自己挣钱自给自足的女人，还等于把本该男人埋的单给免了。

当时在座的还有个经济新闻部的女人刘爽。刘爽也结了婚，有个三岁的儿子，刘爽对婚姻的态度就比较安详。听了卫忽忽这话刘爽说，“这个事情要自己搁得平。就按你的说法，婚姻也应该看作双边贸易，人家使用你，你也使用了人家，你来我往，哪就吃了好大的亏呢。”

卫忽忽毫不畏缩地反驳道，“这就要看谁的快感得到的多。这不是明摆着的事情吗？再说按照经济学原则，有人算过的，一个男人不结婚按每周在外面打一次猎计算，那花费差不多够他结两次婚；就算他是节约型的男人，也足够他结一次婚。要是他每周打两次猎呢？三次呢？这么算来，结了婚除开每周跟老婆一次，其余的都等于他白白中奖。你想一辈子他们要中多少次奖？天平倾斜得也太厉害了。”

王簪等人既惊且笑。刘爽总结说，卫忽忽

实在是一鸣惊人，再鸣惊天。

那时候王簪有她自己烦恼于心的事情，那就是要不要结婚以及跟谁结婚。王簪的两个男朋友，一个是爱她的，一个是她爱的。爱她的那一个，是父母托人介绍来的名正言顺的男朋友，对她万事迁就死心塌地；而她爱的那个，则是某天在太平洋广场门口，和她无意间偶遇的一个中学男同学。中学时王簪和这个男生就朦朦胧胧地相互喜欢，时隔数年之后蓦然相见，王簪只感觉眼睛一亮，那男生已长得高大俊朗满身阳光，举手投足间风华正茂的潇洒像春天的花粉一样抖落。

王簪按压不住前缘再续的冲动。对比谈笑风生有情有义的老同学，王簪正牌男友的缺陷便如同暴露在探照灯下一般明晃晃地扎眼：那男友为人倒是不错，工作啊收入啊也没什么可说的，可要命的就是他的性格，一副不轻快、不开朗、不微妙，甚至也不细腻的性格，只是死水一潭地温和，在外不刚在家无趣。若是朝夕跟他厮守，简直不知道会搞得多闷。

王簪看重是就是性情。她一向觉得自己的性格天生有问题，各种各样的小事都能叫她在精神上枕戈待旦，情绪上抑郁闷倒，因此她需要一个幽默豁达乃至强硬的男人为自己解毒。可她正牌男友身上缺的恰恰就是这一味。偏偏正牌男友认为跟王簪交往的时间到点了，该扯个证把婚事办了，他吞吞吐吐跟王簪提到结婚，把结婚戒指也买了来。

王簪下不了决心结婚。要说嫁人，她更愿意选择自己的老同学。然而造化弄人，那男同学在她之前，已经有了女朋友。一个狂风乱扫的中午，王簪急急约见了男同学，想从他那里讨获必要的力量。她问他，在她和另一个女人之间到底更喜欢哪个？男同学直率地说，“半斤八两吧。”王簪顾不得生气，说，“我承认她在我之前，但这种事没有先来后到的。你和她断了，我们好好地相处。”

男同学哈哈一笑说，“那你先和你那一位断了吧。”

这个狡猾的漂亮男人，非但不对她难得的

主动表示感动，反而还将她的军，让王簪又气恼又无奈。两个人都要观望对方，因而都摇摆不定。与此同时，王簪正牌男友催婚的鼓点越敲越紧。事情搞得经脉错乱。

卫忽忽的意见很干脆：不要嫁，一个都不嫁。“结婚干吗？后患无穷。”

婚姻这个不出几年后叫王簪既揪心又沮丧的事情，在她们几个都在K报的那两年，更多的是一个给她们带来许多闹麻麻轻飘飘的快乐话题。那时候不是现在，那时候王簪二十八九岁，她的身边，一个卓祯爱，三十出头了还在单身的道路上走得不疾不徐；一个卫忽忽，成天想的是怎么解除婚姻的枷锁。王簪的心态也真说不上急切。生活的风车还在有声有色地旋转，尽管卓祯爱不时总要在办公室长叹一声说，“下一步就是山穷水尽了，一个个还在贼心不死。”但山穷水尽的那一天，似乎总是似近还远。

王簪找不到在男友选择和婚姻问题上的解决之道，想来想去，不如出国留学，先出去玩两年再说。办公室几个女人都赞成王簪的举动，刘爽说，本来就是这个道理，生活在别处。卓祯爱和专刊部的一个女人，已先于王簪在办理出国的事上拉开了序幕。看起来她们像是一窝蜂，实际上对她们来说，出国倒真不是赶时髦，就是在可行范围内改变点什么的最有效的一着棋。都不是傻乎乎的小姑娘了，人生的经验足以说明，生活不是好莱坞电影，若不想在自己这条无风无浪的小路上一路衰亡到底，最好自个儿快点撒腿跑开。

王簪的托福是考过的，英语从来没丢过。她立刻着手通过互联网寻找欧洲的大学，大撒网样寄发申请，不久便收到荷兰一所名不见经传的大学的入校通知书。

眼看王簪和卓祯爱紧锣密鼓地将精力转战到留学事宜上，卫忽忽坐立不安，进办公室一见到她俩就说，“你们一个个都要飞了，我怎么办啊。”卫忽忽万分想起飞，但条件不允许，她和老公不久前买了房子，一次性付款，加装修，加添置新家具，重返新贫族，还欠了父母的债。说到出国，她怎么都还得再埋头苦干几年，经济上重做积累。

但卫忽忽不是容易泄气的人。卫忽忽不是王簪，不会把时间浪费上自怜自艾、思前想后上。出国一时出不了，享乐和赚钱的事情却不能停步。她成天披着一把乱发，扑稿子做活动之余，还瞒着老公结交各种路数的男朋友，成天手机猛响。嘴上卫忽忽对婚姻一万个不满，但离婚的事却是雷声大雨点小，无非背着老公忙活一桩桩破绽百出的阴谋。卓祯爱对卫忽忽的评价是：这丫头完全脱掉道德的紧身衣了。刘爽则说，“小卫现在的生活四个字可作总结：以色为纲，以钱为常。”

有个色彩斑斓、处在人生转折点上的卫忽忽，加上卓祯爱刘爽几个女人，那段岁月算得上一段黄金岁月。

给王簪寄发录取通知书的，是荷兰的马斯特里赫特大学，一所很小的公立大学，不过多数硕士课程用英文授课。拿到通知书后，王簪一边忙着办理各种公证，一边把基本木已成舟的事情告诉了等待娶她的正牌男朋友。男友大为吃惊，万分不舍，先是百般恳求，再是委婉阻挡，可他的阻挡犹如螳臂当车。尤其是，当王簪告诉另一位男友，即那个男同学自己要走的事，那人居然一副如释重负之态，使王簪大为痛恨，去意更决。

正牌男友退而求其次，央求王簪结了婚再走。王簪那时候哪有心思结婚呢，想到一片广阔天地就在一步之外，王簪下了她这辈子最果断的一次决心：硬起心肠，飞！

王簪怎么料得到，风水轮流转，无非两年半时间，她回来了，结婚的欲念火花四溅，心里头对正牌男友的看法也彻底改观，觉得他千好万好，天生一个如意郎君，可那一位则偃旗息鼓，无论如何不肯踩油门了。

2

王簪是去年年底回国的。

她读书的马斯特里赫特大学，在荷兰南部一个与大学同名的小城。小城古老优美，人口稀少风情淳朴，因邻近比利时而又充满国际情调。在那里王簪过得十分愉快，想来应该是她最快乐的两年时间了，她一面读全英文授课的国际经济研究，一面利用周末和假期遍游欧洲。硕士课程念完后，她又专门去读了半年的荷兰语语言课，以延长在荷兰的逗留时间。

或许是受了小城人们生活态度的耳濡目染，或许是欧洲人的家庭观念对她产生了影响，加上也是到年龄了，忽然之间，王簪想结婚了。

王簪就是抱着结婚的愿望回国来的。

当年王簪前脚去荷兰，卓祯爱后脚就去了加拿大的多伦多。王簪回来时，卓祯爱已回到成都好几个月。生活好像自有一个磁场，它的能量比想象的要大。她们约在一个茶楼见面了，相见之下，都觉得对方不仅没有随着岁月变老，而且看上去气色都比过去好了不少。

“我刚回来那个月气色才真的是好，”卓祯爱说，“现在早又反弹回去了。原先的焦虑啊失眠啊全回来了。”

王簪问，“干吗不留在那边？”

“好工作难找。中国人太多。而且怎么说那也是人家的国家。”

“没在那边找一个？”

卓祯爱一笑，“谁说到了国外就一定有个如意郎君在那候着？那是童话。你呢，在开放之风卓著的荷兰，没遇到什么浪漫的事、没碰到追你的人？”

“我待的地方是个小城。何况我那位一直都在等我呢，我也不能太对不起人家。”

“准备什么时候结婚？”

王簪说，“很快吧。”

这话说早了。王簪着实没有想到，这话真是说早了。

本来在结婚这个事情上王簪是信心十足的。中学男同学已成明日之花，王簪去到荷兰的头半年，两人还通了几封 Emai，其后便不约而同鸣金收兵。那段插曲无声终结，异域生活的新奇和快感也化为寻常涟漪，王簪的情感重心渐渐又回落到正牌男友身上。男友叫孙平原，是一家科技开发公司的测试工程师，他有着搞技术男人共有的特点，为人诚恳性情内敛，既不热烈亦不颓废，对女人除了循规蹈矩地好没别的花样，在生活与情感方面欠缺想象力，揣摩和洞察人心的才能明显不足。曾经王簪和她那中学男同学在幕后掀起的暗潮汹涌的情事，孙平原毫无察觉，只是一门心思地认定和王簪一个萝卜一个坑。王簪任性地一拍翅膀飞去荷兰，孙平原也只能眼巴巴地望着，唯一的办法，就是恳请王簪答应读完书就回来结婚。

答应是答应了，迈出国门前王簪心里却未必那么想。卫忽忽说得对，说一套做一套是女人的天性。但春去秋来，在马斯特里赫特静心读书的王簪发觉，与孙平原的婚约在她心里日益有了分量。想着相隔万里的家乡还有个人为自己一心一意在守候，王簪感觉很踏实，世界虽大，但能温暖你的，也只有一把火；男人虽多，可能贴心贴肺给你慰藉的，老天总是限量供应。五光十色只是一时的绚丽，想要长治久安，还得有一个家。

想通了这一点，王簪对孙平原便有了几分

隐隐的愧疚，原先对他也委实有些过分，总觉得他对自己好理所应当，自己对他则可随心所欲。出国前她们几个老说卫忽忽对老公的态度要不得，欺瞒哄骗以怨报德，一味按着老实人欺负，她自己不也一样吗？

说到卫忽忽，这女人又变出了新花样。王瞀决定回国前，卫忽忽突然跑去了泰国，学珠宝鉴定去了。她给王瞀写来一封长长的电子邮件，有盐有味把曼谷描述了一番，男孩街上的男妓，成群的同性恋，从四面八方跑到那个东方花城猎色的白种人，有的英俊威猛有的老弱病残。这女子的变动幅度之大，行事启动速度之快，令王瞀心中感慨。

王瞀跟孙平原之间的电子邮件基本保持每两三天一封的频率，始终不密不疏细水长流。有时王瞀没及时回信，孙平原的新邮件照样如期而至。不过他的信大多简短，也不抒情，无非提两句自己的工作、说说国内什么新闻或新鲜事。对王瞀的关心翻来覆去总那样一套：读书不要太累；出去旅行注意安全；需要什么吃的用的东西说一句，给你寄。王簪发去邮件问孙平原：周末都怎么玩啊？想我吗？孙平原回信道：打羽毛球，打保龄球，在家睡觉。想念当然是想的。至于怎么想，他说不出个所以然。

这也是孙平原的特点。王簪自从换了个角度看他后，尽管依然觉得他欠缺活泛和情趣，却也不那么计较了，她更多地想到他的好。还有，孙平原其实身高、长相都不差，好几个梦里，王簪轻轻抚摸孙平原的脸，心里的温柔如水溢漫。

王簪回来那天，孙平原没去机场接她。他们公司一个大项目需要加班，走不开。王簪由父母接着回到家，吃了家里的接风饭，直到晚上黑漆漆地八点过了，才在宾若咖啡见到了孙平原。

一般说来，去到国外的人弄不好就会把身材毁掉，那些个黄油肉类甜品饮料，样样都是肥肉的催化剂。好些中国留学生出去个一年半载，便开始腰凸脸圆，长胖十几二十斤是普遍现象。王簪的身材却幸运地保持得好，她也长胖了七八斤，不过由于原先就纤瘦，这几斤肉分布到身上，如同多了层皮样看不出来，离显山露水还早得很。所以去宾若咖啡，王簪特意在白色羽绒服里穿了件紧身小毛衣，显得身段凸凹有致，十分诱人。

然而这性感与完美的双重诱惑对孙平原似乎不起作用。他一脸倦意来到咖啡馆，坐下向王簪观望了一小会儿，说了两句“终于玩够回来了”以及“累不累”的话，就喝着咖啡打起呵欠来。王簪当然累，先是国际航班再是国内航班在天上盘旋了十来个小时，又是换机，又是过境，加上回来前的准备和落地后的时差，折腾得够戗。可她在兴奋支撑下显现的是一副精神焕发之态。孙平原就不同了，他的呵欠不仅没有被咖啡冲散，反而倾巢出动似的源源不绝。王簪来时带上了手提电脑，给孙平原展示她漫游欧洲各国时拍下的大量华美旖旎的风光照片，孙平原也看得无精打采。孙平原说：“对不起，这些天太累了。”

要是回到出国前，孙平原这种作为无疑是

要遭殃的。通常王㲟并不出言相责，她只是猛地一言不发，独自含着两眶眼泪在肚里头闷气，孙平原就知道不妙了——要使王㲟回心转意再理会他，不知得赔多少不是。但如今的王㲟成长了，知道疼人了，她对孙平原说，“那我们就回去吧。照片改天你再看。”

“好，”孙平原顺水推舟说，“我先送你回去。”

时间真是有它魔术般的作用，两年半时间说长也不太长，可孙平原仿佛忘记了他和王㲟是一对恋人，而且是对久别重逢的恋人，上了出租车跟司机报了地点后不见任何亲昵动作。倒是王㲟主动把手伸到他的手上，他就轻轻握着，一直握到王㲟到家。孙平原说，“好好睡一觉。明天我给你打电话。”王㲟打开车门下了车，出租车一踩油门又开走了。

王㲟站在路边好一会儿，心中满是意犹未尽的惆怅。

接下来的几天，要倒时差，要跟父母叙话，要跟亲戚、朋友、老同学、前同事等见面，还要给嘴巴肚皮补偿久违的美食，王簪忙得一团热闹。这一浪过去后，王簪突然意识到事情有些不对劲，这些天孙平原只约她吃过一次饭，打过两三次电话，其余的电话都是王簪打给他的。这么些天了，他竟然想不起邀她去他的公寓来一番肌肤之亲，这是什么道理？就算他忙得翻了天，也不该就变成了无欲之人。按卫忽忽的理论，女人爱一个男人，是用上半身去爱的，文气点说，是用心去爱的；而男人爱一个女人，就是用下半身去爱的。孙平原那头是不是出了什么问题？

王簪细细想来，除了孙平原这段时间确实太忙了，另一个原因可能是他潜意识里对她有怨气。毕竟当年她说走即走，让人家孤零零守了这么久；现在说回又回，想要人家在情绪上立刻如火如荼，也不太现实。至于移情别恋，王簪相信孙平原不太可能，那天晚上在宾若咖啡，王簪开玩笑般问过孙平原，她问："我不在你身边，有没有女孩子追你？你有没有另寻新欢？"

孙平原说，“我周围就没什么女人，哪来人追？”对第二个问题，孙平原是这么回答的：“没心情找那个麻烦。”

孙平原是不太会说谎的人，他的回答也在情在理，王簪没理由不信人家。如此问题究竟出在哪里？两年多前，孙平原是再三请求王簪莫忘婚约，现在人回来摆在他面前了，结婚的事他却一句不提，难道这事就要凉下去？

星期五的下午，王簪打通孙平原的手机，开口便问，“明天你不会又加班吧？”

王簪回家是上个礼拜天。那个时间是她刻意选择的抵达时间，为的就是可以跟孙平原好好聚聚，哪知上周日孙平原临时加了一天班，白白让王簪的苦心付诸东流。

孙平原回答说：“不加。”

“那明天下午我们去看电影吧。”

次日凌晨突然降了温。天空中飘起这个城市少见的雪花，稀稀疏疏落地即化，人们都裹在厚衣服里行色匆匆。街上的车流格外拥挤，有的地方还打起了结。整个城市被人、楼房和车辆塞得满当当的。坐在出租车上的王簪忽然想起卓祯爱几年前说过的一句话："这就是被欲望、孤独和疲软塞满的地方。"比之她出国前，好些街道两边立起了更高更华丽的大厦和楼盘，而房价也乘着直升机般直往上飙。难怪前两天在茶楼里卓祯爱说，"一回来就隐隐有种感觉，刀又架回到脖子上来了。"

王簪明白卓祯爱话里的意思。没有谁可以做到一路花红柳绿下去，女人到一个年龄点后，单身的日子就开始不好过了，所有的压力都会被孤独加剧和激化，变成千钧重担。卫忽忽总羡慕单身的轻快与风光，可她哪里体会得到，一旦那股轻飘飘拉伸为常态，演变成唯一，前无始后无终，你就很难稳住阵脚了。还是要有实在的、安稳的甚至浑浊的东西来压舱，比如一个家。

王簪和孙平原先在少城路一家餐馆吃了午饭。结完账出门，立刻一股冷风扑面。

吃饭时王簪就心念电转了好几轮，原希望孙平原能跟她心有灵犀主动发招，说电影改天再看今天到他公寓去吧，可孙平原这疲乏的木头人完全叫人指望不上。此时王簪只好自己表达对计划的篡改，她将一只胳膊插进孙平原的臂弯，“天气太冷了，”她说，“不如我们到你那儿去喝咖啡看碟子。”

孙平原没有欣喜的表示，却是用推诿的口气说屋里太乱，“好久都没打扫了。”

“那你是不想让我去你那儿了？”王簪面子扫地，真的来气了。

这下孙平原又反转来哄王簪。他搂住王簪的肩，招了辆出租，把她带到他的公寓。

孙平原住的电梯公寓位于城西二环路边上，两室一厅。当初为跟王簪结婚，他专门请了一家香港设计公司来设计装修。然而装修刚收尾，王簪就拍响了起飞的翅膀，并且她的魂已飞到了荷兰。孙平原毫无防备地被那么一闪，懒无心肠，也不再按计划往屋里购进配套的家具用品，就胡乱地住着。因此这套房子看上去有些奇怪，它装修得雅致精巧，却显得既空荡又散乱，没一件像样的家具撑着。那份精致的基础装修也在时光中蒙上了一层灰暗，看上去冷飕飕灰沉沉的。

屋里果如孙平原所说，是比较乱和脏。可这不妨碍他们作为一对情侣总归要做的好事。这好事做得王簪暗自松了口气。毕竟身体不会说谎，孙平原是需要并恋着她的。两年半了，王簪的内疚倏然蜂拥至心，都说在性事上，女人荒着尚可把持得住，男人就不易了。这两年多里孙平原孤身一人，也真难为他了。他俩在被子下手脚相盘，孙平原一手枕在脑后望着天花板。王簪觉得自己像只水母似的，紧紧吸在孙平原身上，他的体温令她心神熨帖，令她有种暖洋洋的安全感，她从未如此明确地认定，这就是她的男人，就是她的那颗安神丸。

孙平原的头发留得比过去长了些，王簪将下颌搁到他肩头，将他额前的一绺头发吹开。“我们结婚吧。”她说。

孙平原转过眼珠看王簪一眼，问，“什么时候？”

“你想什么时候就什么时候。”

这话的潜台词是：尽快吧，哪怕是春节。当然春节的时间太近了，来不及，那就明年开春的什么时候。总之王簪现在是心坚意定，绝不再像过去那样摇摇摆摆。

孙平原的眼珠又转回天花板，他迟疑地说，“我们再等段时间吧。”王簪问等到什么时候。“不知道。”说出这话孙平原再次看了眼王簪，仿佛有点惊讶她怎么突然就迫切起来了。

王簪的迫切是因为她扭转了世界观。她不明白，怎么递到嘴边的肉孙平原都不咬。她问，“为什么？”

孙平原答不出个所以然，只是说既然已经等了这么久，再等段时间又何妨呢。

看来他就是心里有气。王簪决定拿出耐心，跟孙平原好好做一番思想交流。她要让他知道，在精神上她几乎算是脱胎换骨，不复为几年前那个骄横跋扈、只想追求个人自由、跟女友嘻嘻哈哈混日子的女人，她真心实意想要一个家，全心全意打算做一个好老婆，还准备立刻生个孩子当个妈。这样的变化，他孙平原是真该拍手称快的。

可是孙平原并不像王簪所想，在情绪上跟她你呼我应心潮起伏，他还是那么软塌塌的。王簪望着孙平原，觉得他怎么看怎么像一台熄了火的机器。王簪问，“你不会不想和我结婚了吧？”

“不会。”

王簪听在耳里，不觉得这个回答多么斩钉截铁。是孙平原另有隐情？过了两天，她有意找了个借口，跑到孙平原办公室去待了小半天，做暗中观察。孙平原的同事王簪认识一些，那些人跟孙平原一类，多是对着电脑成一统的半自闭者。不过还是有人对王簪开了两句玩笑，说：“你让我们孙哥等惨了。”王簪没发现孙平原跟什么女人有何可疑之处。

当晚和孙平原吃过晚饭后，王簪再次说到结婚的事。海外生活使她的性格在直率明快上也有了起色，所以这次她把话说直接了：“我想结婚，现在就想。”

孙平原不看王簪，他埋着头，说，“我还没想好。”

王簪的气馁像一阵龙卷风，从头卷到脚。两人都沉默着，孙平原那句话仿佛有着哑药的作用。在冷战和沉默对抗上，原本王簪是更胜一筹的，可现在孙平原无欲则刚，王簪只好先开了口，“你什么时候发觉你自己还没想好的？”

孙平原缄默依然，很不好回答的样子。王簪继续问，“是我出国那阵吗？”

“你去荷兰后，我根本就没去想结婚的事情了，”孙平原的声音是下沉的，他慢慢说，“非要说的话，就是这次见到你的时候。”

3

新年的开头总是喧闹、油腻、懒散、充满人情与世故的。国内的一年之始总没有新年起始的奋进气象，反倒是一派吃吃喝喝、休养生息。尤其这一年的一月份，又是元旦又是春节的，时间闹嚷嚷就过去了。想在这段时间发愁和发奋，都不太容易。

拖拖拉拉直到二月中旬，王簪才正经开始找工作。新闻界她是不想回去了，本来她也是学经济出身的，只是当初上班的企业没啥意思，才跑进了报社。这次再找工作，王簪想变变口味，去一家外企，定时上下班，高薪，业余时间好好打理一个家。说到家，王簪心里就忍不住一声微叹，看来这回真是要她倒追孙平原了，催着他下决心。真可谓世事难料。

不出两个礼拜，她选定了一家对外展览公司，工作环境、待遇都不错。公司做涉外展览，就是组织那些企业啊、商家啊、社会及教育团体啊奔赴国外参加相关的经贸、文化、科技、教育之类的展览。那样的展览主要由政府或别的什么机构主办，公司只是承办方。他们也承办外方机构在中国的展览。

公司是个小公司，只有十几个人，不过它背景硬，业务不少，办公场地也够气派。从办公室的落地玻璃窗望出去，整座城市总像笼在氤氲雾气中，面目似清非清。

王簪的职务是项目总监，负责欧洲方面的业务。就是说，如果他们接到的单子是在欧洲某个国家举办展览，就由她或她的一个同事来负责。说是负责，其实主要是些程序性的事务，比如登记参展公司和他们的人员名单，为他们跑签证，联系、安排在对方国的布展事宜，以及在对方国的住处，等等。至于获取业务这项核心工作，主要靠老板一人之力，他有足够的信息源和过硬的关系网。

比起在报社做记者，这份工作精神压力不大，忙的时候需要加加班，没事的时候亦可整天闲着。这工作说不上什么大的趣味和上升空间，但王簪看问题的标准已回到一个原生态女人的目光上，工作是重要，可万万不能只吊着这一根藤条；女人的根基是家园，如果生活里欠缺了一只温暖的手的长久抚摸，就算其他再好，又能有什么趣味？

这段时间，跟孙平原的关系，尽管王簪尽了极大努力，还是有不进反退的趋势。王簪第一次深深尝到心想事不成的苦恼，她在心理上全面整装待发，遇到的却是孙平原任你风吹浪打不来劲。春节那几天，王簪几乎是死乞白赖硬尾随着孙平原，回到他的贵阳老家去过的。然而千辛万苦跟过去了，却不见期待的效果。孙平原父母家那边一大堆人，孙平原的哥姐和他们各自的一家子啦，亲戚朋友啦，他父母忙着迎来送往，做吃弄喝；要命的是孙平原哥哥的小孩在大年初一突然离家出走，顷刻间天下大乱，一大家子跳着脚奔忙，好端端的节日变成了一场惊慌忙乱的大搜寻，哪里有人顾得上王簪肚里的那点心事。

几天后小孩的消息从广州传了过来，原来他跑到那儿去寻自己的亲妈、孙平原哥哥的前妻去了。一大家人这口紧绷的气才松下来，不过大假也走到了尾巴尖。小孩那头有诸多事情等着解决，孙平原父母送走孙平原二人时也有点草草的,他母亲拉着王簪的手,直说没招呼好，“对不起了姑娘。等下个假期回来，我们好好招待你。”又说，“我和平原他爸，都是喜欢你的。”

可这话并不能成为一枚有效的印章，盖到她和孙平原的关系上。

从贵阳回来后，王簪和孙平原长谈了一次，孙平原就那个态度：没想好。王簪问，“那究竟是我的问题，还是你的问题？”

“就算我的问题吧。”孙平原说。

“你是什么问题呢，可不可以跟我说一说？”

孙平原喷了几下鼻，道，“就是想不好该不该结婚。”一会儿又说，“我也不想拖累你，如果有别的人选，你就找别人吧。”

王簪一听，泪珠花花。

结婚这桩曾经已落入她掌心、只需轻吹口气就能落地成真的事情，现在眼看着尾巴一摆，成了个抓不住的美梦。任王簪如何费尽心机，孙平原总是想不好。王簪一生气，不理孙平原了，不给他电话，不去找他。这一次孙平原倒是跟她配合默契，也无声无息不见响动。僵持了几天王簪先自按捺不住，发去一条幽怨的手机短信，孙平原倒也很快回了短信，问，“怎么了，是不是身体不舒服？”

王簪又觉得，孙平原对她还是有感情的。

可恨的是,一旦她伸手作势想握牢这感情，它又开始打滑了。

无论如何，日子总要打发。王簪想不出什么混日子的好办法，无非上班下班吃饭看电视剧洗洗睡觉，一潭子死水连个泡泡都不起，自己也无力吹动一丝涟漪。她是住父母家的，父母看出苗头不对，问起她和孙平原的事，王簪心里烦着，态度很不耐烦。过后自己又后悔。

她这副样子换个外人来看，大概很难联想到这是一个才从欧洲某大学拿到经济学硕士学位、按理说应当气宇轩昂走在时代前列的海归。

三月的下旬，气温一下爬了几个陡坡，升了起来。王簪给卓祯爱打电话，约到三重奏书吧喝咖啡。卓祯爱来了，穿一件很薄的线衫，打褶中裙和白色中靴，春意盎然，气色大大胜过王簪。

闲摆了几句，王簪开门见山问，“你说假如我不结婚，一辈子独身怎么样？”

卓祯爱不假思索答道，“不好。”

“为什么？”王簪望着卓祯爱，“我看你就很稳得住呀，而且自己也过得挺好。”

她很希望从卓祯爱嘴里得到一个肯定的、积极的回答，让自己抓一根救命稻草：一个人并非就过不下去，哪根道上走不得人呢。像卓祯爱，家不在本地，大学毕业后独自留在这里，眨眼十几年过去，不都是一个人过来的吗？有个家当然好，可当那个家怎么也拍不开一丝门缝，总不能就坐以待毙吧。何况结婚也有结婚的烦恼。如果卓祯爱坚持独身，那她就有榜样、也有底气了。

卓祯爱笑一下，说，“我总不能一见谁就哭天抹泪吧，拽着别人说：我过得不好，想想办法吧！关人家屁事。甘苦自知，真是如此。我又没你的福气，父母在身边，还能为你张罗；又不能跑大街上随便抓一个来结婚。不到一定年龄的时候不知道，也没谁来告诉你：什么事都有个时效性。比如结婚，好比在果园摘果子，二十几岁时身处的园子果树密布果实累累，你不去摘，果子还劈里啪啦往你跟前掉——这很容易让人产生错觉，以为果园无边无际，往后走一个样，要摘果子伸手即得。其实不然，过了年龄，后面不说一片荒山，起码也没什么好果树了。所以我现在只能是随缘，走一步看一步，但这也不过是自我安慰。我自己的状态自己清楚，扛呗，扛不过了，哪搭哪倒。”

这是一通王簪从未听过的话。她实在没想到，平时看上去很能自得其乐的卓祯爱，那份洒脱竟然是建立在“哪搭哪倒”的宿命心理上。

卓祯爱的私事王簪知道一些。表面上卓祯爱不乏风流，跟许多男人有来有往，其实骨子里是个爱情至上主义者。她曾和一个不能与她有结果的男人厮缠多年，最好的年华白白耗尽，不觉中搞得前景茫茫。这种女人不止卓祯爱一个，王簪一个大学女同学也是类似情况，可惜那女子至今还执迷不悟。卓祯爱身上有股不顾一切的狠劲，当年为了那个有家有室且不打算另起炉灶的男人，就是敢于蒙着眼睛过一天算一天。跟别的男人顶多就是个肢体过招，没往心里去的，否则早也该嫁掉了。如今看来那样没头没脑的个性，与王簪过去的任性一样，都是需要埋单的。

就看你埋不埋得起。

王簪的思维像只紧密的弹簧，被卓祯爱的事拉开一点，旋即又弹回到自己身上。人都是自我的。她把孙平原的表现跟卓祯爱倾诉了一番，卓祯爱想了下说，“我没见过你那位，也不好说他心里到底怎么想的。不过我劝你这个事上不要赌气，你就给他点时间，等他想好了你们不就能喜结连理了？你也就安心了嘛。否则一辈子患得患失。总之我是强烈建议你能结婚就结，不要东想西想了。”

“那如果他一直拖着，拖到最后又没结果呢？”

“要么你背水一战，要么你左右开弓——另外物色一个同时谈着，弄个双保险。就看你愿意怎么着了。”

王簪叹口气，又像求援又像自言自语道，

“我到底该怎么办啊。”

卓祯爱笑曰，“那是你的人，你都不知道怎么办，别人能有什么办法？”

第二天，王簪请了一下午的假，回到父母家吃过午饭,拎上只皮箱便直奔孙平原的公寓。她有他公寓的钥匙，她决定背水一战了。

孙平原的公寓像一个许久未洗澡更衣的孩子，乱糟糟的，急需清扫治理。王簪从卧室开始，擦、抹、刷、洗，把床上的床单床罩枕套扒下来，换上自己从家里带来的新的洗净晒干的全套床上用品。卫生间从上到下、里里外外抹了一遍。厨房里的空瓶子空罐子都扔掉，脏碟脏碗统统洗过。其间她跑下楼去了趟超市，买回整理箱、粘钩之类的东西整理物品。她特意从父母家那边带来了几只别致漂亮的相框，把自己和孙平原的相片放进去，搁在架子上或挂在墙上。

一番忙碌后，房间焕然一新，而且很有了几分家的温馨。墙上还缺几幅画，王簪打算周末去几间书画坊逛逛，另外还要买两三盏台灯和落地灯。至于家具，等下一步再说罢。

她坐下来给自己冲了杯咖啡，在舒缓的音乐声中，恍然觉得家庭生活已经启动了。

孙平原开门进屋时，王簪正把皮箱里的衣服往衣橱里挂。“你回来了？”她走出卧室问。

孙平原对改头换面的房间视而不见，他问，“你什么时候来的？”

“下午就来了，”王簪说，“我把衣服也带过来了。”

孙平原一脸疑惑，“什么衣服？”

“我的衣服啊。”王簪给自己接了杯水，喝了一口说，“我跟我爸妈说了，从今天起我搬来和你一起住。”

孙平原这才意识到大事不妙似的，抬眼环顾了下周遭。他微微叹口气，道，“你何苦嘛。”

4

卫忽忽回国来了。

这天下午刚上班，王簪就接到卓祯爱的电

话。“她都回来好几天了，”卓祯爱说，“我跟她说好了，今晚六点半我们在亚非拉印度餐吧聚一聚，给她接风。一会儿我再给刘爽打个电话。”

卫忽忽到泰国只签到六个月的学习签证，这次她是回来办续签的。卓祯爱跟王簪说，卫忽忽已经在曼谷一个珠宝公司上班，老板是比利时人。

关于卫忽忽改弦更张学珠宝的事情，王簪和卓祯爱谈论过。卓祯爱丝毫不惊讶卫忽忽的跨行业巨变，卫忽忽对任何事情来兴趣，都只需一夜之间，而且无论对人对事，她都能十分轻松地上车下车，从不费思量。“你去荷兰之后的那个国庆节，”卓祯爱说，“卫忽忽去了一趟云南，回来后开口闭口都是珠宝了。她跟我憧憬过做珠宝的刺激生活，只要生意做大，就能三天两头乘着国际航班，到世界最豪华的大都市去参加珠宝展、服饰展，卖掉一串珠子够吃一年，卖掉两串珠子便是发财。”卓祯爱笑着下结论道，“小卫是一台做事情的永动机。”

可王簪不想跟谁见面，虽然她和卫忽忽有三年没见了。想到卫忽忽，王簪脑子里刮过一阵闹喳喳的旋风。卫忽忽不仅是一台做事的永动机，也是一台作乐的永动机，她是一个走到哪里，就把欢笑带到哪里的女人。然而时过境迁，王簪只觉得当年的人和事皆为如烟往事，现在的自己跟卫忽忽仿佛两根道上的人，甘苦不与共，见不见都无所谓。这段时间她情绪低沉无比，没心情跟谁磨牙嬉笑说废话，卫忽忽那股开心劲头，在王簪心里仿佛一瓶开盖已久的汽水失了劲道，不再会有什么刺激，就如同当年那份莫名的欢喜,是不可再原装出场的了。

不过最终她没架住卓祯爱在电话里左说右劝，下班后，还是背着包，打车来到了人民南路四段。

这是一条酒吧街，道路两旁连接着许多带露天庭院的咖啡馆和酒吧，它们半隐于两边人行道浓密粗壮的雪松背后，应和着这条大街虽车水马龙却不乏幽静清凉的魅惑气质。亚非拉印度餐吧是一个印度人开的店，用的伙计也是面孔黑黑的中亚人，进门一个露天庭院，木条桌椅，彩色手绘窗框，空中飘着印度音乐。

卓祯爱先到了，跟伙计要了一壶印度姜茶，王簪在卓祯爱对面刚坐下，就看见卫忽忽左顾右盼地找来了。

卫忽忽基本还是原来的样子，连发式都没变。她咧开嘴笑眯眯将卓祯爱与王簪打量一番，说了句恭维的话：时间在你们身上果然雁过无痕嘛。卓祯爱回馈了恭维，卫忽忽对王簪道，“这么久一不写 Email，二不见你上 MSN，是不是在忙着结婚啊？”

这真是哪不舒服往哪戳。王簪苦笑一声道，“结什么婚，我现在是头昏。”

卫忽忽很高兴。时光冲刷了三年，卫忽忽还是一成不变，喜欢大家乱哄哄把水搅浑，喜欢自己欢喜百家愁。卫忽忽说，既然跨出国门走了一遭，不如多玩几下，到时候直接嫁个老外。她的意思是，通过婚姻直接扎根于国际舞台。卫忽忽的神态是为打发一个悠闲欢快的晚上而来，她沉重的肉身包裹的是一颗轻飘飘的、惯于打游击的灵魂,她的灵魂很多时候等于零。

她们啜着姜茶。卫忽忽雄风依旧，她咔嚓咔嚓嚼着爆米花，把这个温暖傍晚的安闲气息嚼碎冲服。刘爽来不了，她正在S大学采访，估计要搞到晚上去了。卫忽忽并不介意刘爽的缺席，有人陪着她消遣这整个夜晚就足以开心了。王簪看着卫忽忽，这个没被时间压垮一丁点的女人，跟过去一样，随便往哪、往谁面前一坐都能马上进入自我状态，她永远在浅水区游得那么欢快。她是女人堆里发展出的新品种，能从自身的每个特点受益：旺盛的野心，聪明的头脑，三四分姿色，七八分薄情和从不遮掩的轻薄欲望。王簪想，她们是朋友，可实际上差得有十万八千里。所以有话说,人跟人的差距,有时比人跟兽的差距都大。

卫忽忽此番回来是续办学习签证，她无法转换到工作签，所以在曼谷那个珠宝公司的工作其实是非法工作。对这个难题，卫忽忽倒也不发愁，她说她的比利时老板正打算想办法把她送到比利时去学习，然后再让她选择在欧洲或亚洲的分部工作。到时她当然会选择富饶优雅的欧洲，私车美宅，红酒西餐，礼服私宴，周末进教堂寒暑去度假，跟各路男人碰碰撞撞，那正是卫忽忽梦想的诗意生活。

“你老公呢，”卓祯爱问，“你把他怎么处理的？”

卫忽忽说她把他派到深圳去了，“在深圳的一个珠宝公司做行政，收入比在这边好。”

这女人果然想出了一箭三雕的手段，既打发了人家，又保全了婚姻，还给家庭经济找到了新的增长点。骨子里卫忽忽是个精明女人，她虽嫌自己婚姻碍手碍脚，却凭着狐狸般的本能意识到，不能意气用事地废除自己的婚姻，骑驴找马最明智，就算万一找不着合意的马，胯下总还有一头驴。

卓祯爱问要不要去深圳会会老公，卫忽忽说老夫老妻了，“看不看都一样。再说现在我很穷啊，哪有钱买飞机票？”

卫忽忽无意多谈自己老公，她更乐意摆谈自己在曼谷交识的新欢，一个意大利男人。意大利男人身高近一米九，既威猛，且温柔，对身高不足一米六的卫忽忽呵护有加，令她心醉神迷。

在结交国际男友的道路上，卫忽忽早已甩开了步子。早在王簪去荷兰后卓祯爱去加拿大前，卫忽忽就想方设法活跃在了老外们的餐桌和咖啡桌边，随时等待时机和某一个双双走向床头。卫忽忽说着她的意大利情人，他手上的细腻和下身的劲道，还有他的尺寸，那是以她老公为代表的东方人不可相比的，并且耐力也有天上地下之别。卫忽忽声音不高，而王簪却听得振聋发聩，卓祯爱一旁喜笑颜开的样子。王簪以为，说到底，卫忽忽和那位意大利情人终究不过是彼此的一次猎奇，那男人有女朋友。但卫忽忽一心想要把这段艳情崇高化，绘声绘色说她和那一米九的男人如何唯爱唯情是论，是她从未有过的纯情经验。但两个听众却只当她作没心没肺、风云变幻的女人，卓祯爱问，“除了这个意大利男人，你就没别的艳遇了？”

具有数字情结的卫忽忽马上掰着手指数起

来，“前面还有个伊朗人，一个法国人，一个澳大利亚人。但是和我现在这个意大利男朋友比起来，他们都是过眼云烟。”

卫忽忽也追求男女关系的纵深效果了，王簪暗自一笑，这不过是卫忽忽开辟的另一重娱乐新天地。这个卫忽忽，她果真是金刚不坏之躯，什么飞禽走兽都吞得下、化得了？她到底想从生命这场乱糟糟的酒宴上吃到几嘴什么？卫忽忽也崇尚精神生活，调调唱得还很响，可是她的精神究竟游动在身上的哪包油脂中？就卫忽忽这特殊的个案，几年前王簪和卓祯爱就讨论过：究竟是应该向小卫学习，像她那样没良心地快活，只可我负人，不许人负我；还是继续她们有心有肺的挣扎？女人的生活之路到底该向何处走？

色香味形皆寻常的印度餐被她们送下了肚，天色在残羹乱碟中渐渐沉暗。卓祯爱还在跟卫忽忽做算术，算上卫忽忽去泰国前的一个尼泊尔小伙子，一个英国人和接踵而至的一个西班牙人，卓祯爱对卫忽忽说，“你都快搞出一个国际联合纵队来了，小心崩盘啊。”

皮影人似的行人从前面的人行道上走过，机动车道上车辆穿梭不休，这一切稍微看久便犯晕，如同海市蜃楼的幻景。卫忽忽辩解说自己是one by one（一个接一个），哪至于崩盘。王簪却发现自己有些坐不住了，她的兴致在卫忽忽飞舞的欢笑中走失，想到自己那锅总也炒不熟的菜，那奄奄待毙的心情又如雨后的蘑菇撑开了伞。卫忽忽的淋巴结是自动分泌兴奋剂的，随时都能涌出欢乐的浪花，可就算卫忽忽笑得再欢，在国际舞台上翩翩起舞得再起劲，那股强劲之风也扫不去王簪心头的阴霾。她和卫忽忽是站在生活不同端点的人，这次与卫忽忽重聚，说着那些男男女女蝇营狗苟之事，王簪也在笑在说，其实内心的兴致一直没提到高潮，反而在不住地跌落，没感觉有充分的趣味。好几个瞬间，她感到她们坐在这无人关心的角落说话嬉笑，就像三个披着欢喜外衣的孤苦怨妇。

几天后卫忽忽走，她也没心情打个电话，说声平安。

5

32 岁生日是王簪过得最糟糕的一个生日。

孙平原彻底把这个日子忘了，不但晚上两手空空地回家，而且下班还晚了点。下午王簪给孙平原发过短信，叮嘱他晚上早点回家。自她搬入孙平原公寓后，孙平原下了班总要在公司磨蹭好一会儿，要么约老同学老朋友到外面吃晚饭坐酒吧，总之就是拖延时间不想回家和她单独相处。王簪明知偏不问。有的下午孙平原发短信给她，说晚上要和谁谁聚一聚，就不回去吃晚饭了，王簪便把电话打过去说，“我也要去。”孙平原只好带上她。那样的场合中，孙平原的表现与当年无二，没什么话，多是坐在那里听别人插科打诨。最后他起身把单给埋了。

周末孙平原的选择大多是运动场所，羽毛

球馆，乒乓球馆，保龄球馆，去做剧烈运动，出一身汗。那偏偏是王簪不太喜欢的。但如今的孙平原已然不太考虑她的意见了。

一些时候王簪顿悟过来，觉得自己应当节制，不必把孙平原缠得那么紧，于是丢开他去跟自己的朋友约会。她约卓祯爱去假日酒店游泳，约某个大学女同学去做美容，或者和女同事相约去锦里听川戏看变脸。但心思上却怎么也做不到轻装出游，无论去到哪里她老是身在曹营心在汉。跟卓祯爱跟大学女同学，王簪一开口就要说到孙平原，“你说我和他到底该怎么办？”或者，“你说他心里到底怎么想的？”

有两件事情她跟几个要好的女友都说过。一是有次她下了狠心，拎起箱子对孙平原说，既然你这个态度，那我走好了。她收拾着衣物，眼泪如暴雨倾盆。孙平原便走过来，把她的皮箱合拢拎开，为她擦眼泪说，“好了不要闹了，你要我怎么对你你就说嘛，干吗搞得自己这么难过？”还有一次半夜里她把孙平原哭醒，孙平原翻过身来长叹一声，伸出手臂来搂住她，道，“周末我们就去登记。”她用纸巾擤鼻涕擦眼睛问，“周末人家上班吗？”孙平原打声呵欠说，“没人上班的话就下周再去。”

可是第二天、第三天、以致其后的许多天，这个话头孙平原只字不提。王簪想想，越想越觉得那好像是个梦。

孙平原在他俩的事情上究竟是怎么想的？这个问题自然不是外人能够回答的。王簪之所以忍不住要问，也相当于自问。内心里，王簪万分不愿意承认她和孙平原之间已经完结了，她宁可相信她和他的关系是落入了垂死状态，需要耐心等待、或者寻找一副回春妙药。她宁愿在自尊上丢盔弃甲，只要待在他身边，她心里就踏实。

生日这天，王簪找了个借口提前下了班。她打了个车先去到家乐福超市，精挑细选了熟食等物品，装了两个塑料袋沉沉地拎在手里；接着又去元祖蛋糕房，取了中午电话预定的一只冰激凌蛋糕。接着脚不点地地坐上三轮车回家，要赶在孙平原回来之前，将一切准备就绪。

回到公寓她累出一身薄汗。她拿出最快的速度把自己收拾了一下，用软毛刷把脸上的灰尘几下扫去，重新打了一层薄粉，补了眉，梳了头，便开始布置晚餐桌了。

熟食分别盛在几只雅致的瓷碟瓷碗里，红酒、酒杯、筷子和碟子摆放好，水果沙拉拌好上桌，看看时间还够，王簪连忙跑进厨房，削好土豆并切成块，番茄去皮切丁，用冰箱里的牛肉羹做底炖上一锅土豆番茄浓汤，这是她拿手的一道菜。

浓汤盛盘的时候，孙平原才摇摆进屋。他坐到桌边，和王簪碰了一下杯，再次说了对不起，“明天我把礼物补上，你想要什么？”

王簪望着拈起一块糯米鸡的孙平原说，“我想要的东西你知道的，”反正不是什么玫瑰巧克力香水，她说，“我想要一个家。”

孙平原干咳一下，说这个事改天再谈好不好？王簪果断地说，“不好，为什么今天不能谈？”“今天你过生日啊，”孙平原说。“我就是想今天把这个事情谈清楚，”王簪说。说话间她恍然分身出另一个自己一般，意识到嘴巴开合的这个自己仿佛一个变态女巫，一个劲挥舞着催婚的鞭子抽向孙平原。但她没有办法，对面的男人虽面无波澜，可她似乎能透过皮肤看清他五脏六腑的那份紧张，如临大敌样纠成一团。他究竟是怎么了？这两三年里吃了什么变成这样了？怎么撬开他的嘴、撬开他的心这么难？

“我是想找个合适的时候跟你谈谈的，”孙平原说，他话未说完，王簪便接口道，那就现在谈。反正有一刀挨一刀。她听见他说，“我想我们最好还是先分开一段时间，都好好想想。”

又是想，又是想！孙平原这话并没让王簪生出预料的早死早超生的痛快，也没有愤怒，似乎也没有伤心。王簪只感觉落入深井一般，憋闷无比，又好像脑袋里有无数不成形的声音，冲撞厮杀后如火山灰般落下来，把她厚厚盖住。她昏昏地站起身，进了厨房，拿了把剪刀走出来。孙平原两手搁在餐桌上发闷，见状愣了一下，问，“你干什么？”

王簪站在那里，也不答话，她平静地举起剪刀，刀尖对着自己。

大学毕业至今，王簪一直留一头微卷的中长黑发,润泽柔亮,无需特别修饰自显一湾丰韵。曾几何时，这头黑发是孙平原的钟爱，他喜欢抚弄那柔黑的发丝，一下一下，抚得王簪痒酥酥地舒服。就是她这次回来擅自空降到孙平原公寓，和他夜夜同床异梦，睡梦中的孙平原不时也会懵懵懂懂将头埋入她的发窝。这涡乌云自也是王簪的心爱，现在，她手里的剪刀对准的就是头发，拈起一卷头发，一剪下去；再拈第二卷，跟着第二剪。

剪刀咬住发丝嚓嚓剪断的异样感觉，从手心传递到心脏。头发似如在闷叫。真切的、奇异的、微妙的痛感弥散开来，直达每一个毛孔。王簪的委屈随着掉落的头发决了堤，大块大块往下砸。还有痛快。她狠狠地剪、剪、剪。

孙平原冲过来，他的手落在王簪挥舞剪刀的手上。他手上的力量告诉王簪，他在跟她争夺剪刀。但他的力量是向下压的，一只手死死按住王簪右手，另一只手用力掰她的手指。王簪的右手被压得差不多要嵌入剪刀柄，疼痛钻心。“你放开我！”她喊。而孙平原只顾手上用力。她感觉手要断了。她明白过来，这孙平原是怕她剪掉头发后，把刀锋朝向他，所以才这么不顾死活压着她的手。她心里冷笑一声，手上泄了劲，任孙平原把剪刀夺下。

夺过武器的孙平原两步跨向厨房，将它往里一扔，随即拉上门，以防王簪再觅可乘之机。他搜索着客厅和饭厅里可能被当作凶器的东西，王簪则缓缓走到了门口，低头换鞋。

“你要干吗？”孙平原问。

王簪直起身，懒得开口。但推开门时，她还是淡淡说了句，“我去弄头发。”

6

读经小组有个谈不上半点特色和想象力的名字，叫“爱的港湾”。小组十几个成员，男男女女，职业各异，多为公司白领，年龄从二十出头到四十来岁不等。每个周六下午两点，这些成员便聚在某一个人家中，朗读《圣经》，交换心得，合唱圣歌，好多人还要情真意切讲述自己亲身的经历与故事。有时他们会一起到附近一家餐馆共进晚餐，AA 付账。

王簪这是第三次参加爱的港湾的活动。

那天晚上从孙平原公寓出来，王簪走进街边一家美发店，让美发师把那一把乱发剪成了一头碎发。头发弄完已近十点，她将手机关机，打上个车回到了父母家。开门的是她母亲，母亲有些惊讶地问，“咦，怎么回来了？”因为白天电话里王簪跟母亲说好的，这天不回家过生日。

她一连在父母家躺了两天。

当天晚上孙平原打过一次电话，打到她父母家，王簪让她妈把电话挂了。次日又打来电话，她还是没接。她母亲问，“你们怎么搞的嘛。”

王簪不想跟母亲说他们怎么搞的，说不清

楚。白天她在家躺着，拿本书，却没一行字入眼。偶尔平下心来想想，孙平原也没做错什么，更没犯下死罪，她也说不上恨他，为何她心头那股气就是居高不下呢。那是冲谁的？冲她自己？冲看不见的什么东西？她有种欲哭无泪的感觉。

她没再回孙平原那边，也没把自己的东西从那边撤回来，也没说今后就回到父母家住了。两头悬着，都是临时的，自己也像个临时的人，没个方向。白天她主动让工作填充自己，好像自己是一只软绵绵的空口袋，要拿工作这堆草料来填得扎实一点。下班后回到父母家里，吃过晚饭她就哈欠连天，八点半的样子便上床去睡，一觉睡到第二天早晨，天天如此。她从没像现在这般嗜睡过，似乎上辈子欠了一屁股觉，而且还要把下辈子的觉都睡了。这么昏睡倒也好，不思不想，像猪一样。

有朋友打电话来约，王簪一律推拒，“不想去，”她说。她真的哪都不想去，对一切毫无兴致。一位大学女同学约了她两次未果，有天在路上两人碰上了，大学女同学问了她最近的状况后说，“你是不是得抑郁症了？”

这话是女同学开的玩笑，王簪也玩笑一般应道，“就是啊。”她脸上的笑很僵涩，是那种久无表情的结果。这事不说破不知道，一说破吓一跳，王簪想，真的呀，她好像真是患了抑郁症了。

女同学说，你想不想去参加一个基督徒的聚会，那儿的气氛很祥和的，关键是能化解很多精神烦恼。就这样王簪来到爱的港湾。

在荷兰读书并漫游欧洲时，王簪见过不少基督徒，有信仰对人的好处，她是亲眼、并大规模见过的，所以她是抱着要自己信进去的态度，去到那个圈子的。第一次见到那些成员，王簪便感觉他们一个个心平气和，精神上都拐进了平静的港湾似的，疾风猛浪吹打不到，令她羡慕。她急切地、真心真意要把自己交付出去，交给上帝，像他们一样。自己承担自己太沉重，也太痛苦了。

参加了两次查经会，王簪发现还是转移不

走纠缠于心的问题，就是她和孙平原的问题。究其原因，一是那个问题蛇一样缠着她，不知何时它就吐出嘶嘶作响的信子；二是在她感受到了神的光辉后，更刺激起了心里对更多、更切近体肤的光辉的需要。王簪不明白，死也不明白，为什么自己诚心向爱，爱却不理会她。要说孙平原也不是坏人，不是没良心的人，他曾经还那么爱过她，而现在的她，经过内心的自我净化和升级，可以说比过去愈加纯粹、温和、负责任、有魅力，那他为什么就不爱了？

另一点她想不明白的是，孙平原究竟在拖什么。他不是卫忽忽，需要一面拖着一个人，以定军心；一面暗自去自由放任，声色犬马。要说他对她是拿不定主意，拖个一年半载就能拿定了？孙平原其实应该心知肚明，这种事好比捞出锅的面条，要么你吃掉，要么你倒掉，否则越拖越将糊成一团。

生日的剪刀事件之后，他们的关系就如同糊成一团的面糊，没有温度，失了味道，却也没被泼出去倒掉。偶尔他们互发两条短信，莫名其妙地维持着一份难以深究的关系。

这个周六的聚会在一个姓叶的女老师家里。叶老师是香港人，跟随做投资的丈夫来到成都，她年过五十，在一所私立外语学校教英语。她儿女都成年独立了，经济上宽裕时间上清闲，教英语无非她自己找的一个活动项目，就跟她发起的这个查经聚会一样。叶老师读了几十年圣经，言谈和善气宇沉稳，温文尔雅中包含着一股看不见的定力，王簪不知为何，觉得这位叶老师自然花白的头发覆盖着的大脑，是能够容纳百川的。上次她就想找她单独谈谈了，怎奈没有合适的机会。这次在叶老师家里，实在是天赐良机。

“叶老师，我有事想和你聊聊。”等活动结束，众人跟叶老师道别鱼贯出门时，王簪走过去说。

“好啊，好啊。”头发花白的人拍了拍王簪的手。她把王簪引到书房，叫保姆另外送上了两杯咖啡。

王簪从头至尾，原原本本将自己的烦恼讲

了一遍。她向眼尾密布着人生经验且熟读圣经的叶老师求教，也是想通过叶老师得到来自神的指点：她到底该如何去做，是等待，是放弃，还是该做点什么。

叶老师是这么说的，她说，好多事情我们凡人是解决不了的，最好的办法是把它们交给上帝，而我们要做的，就是祈祷，诚心地祈祷。叶老师还说，只要诚心祈祷，诚心信仰，排除心里的污秽，就能得福。她打开《新约》的《哥林多前书》，给王簪念了一段："爱是恒久忍耐……不求自己的益处，不轻易发怒，不算计人的恶……凡事包容，凡事相信，凡事忍耐；爱是永不止息。"

坐在叶老师舒服的书房，这段话让王簪感到很有感染力。她是个喜欢思考的人，又跟叶老师讨论起婚姻啊、家庭啊等问题，一直谈到保姆来催了两道晚饭。王簪婉谢了叶老师的留饭，尽管叶老师的先生并不在家。

已经是七月份了。今年的夏天极为酷热，傍晚七点街上的空气还是热烘烘的。从叶老师家出来的王簪，慢慢走在永远充满行人的人行道上，街上的人们个个像包裹得好好的谜团，他们都信什么？或者不信什么？有人牵着狗，有人拎着水果或从超市购买的物品，一对恋人在分吃一支冰激凌，两个老太太摇着扇子站在路边说话，一群人围在一个街边卖盗版碟的人的箱子旁边。餐馆、火锅店里吃完饭的人闹喳喳涌到街上。市声在黄昏中穿梭，细辨起来是汽车、机动车与人声的混杂之声。王簪好像第一次认真地打量她身处的这个城市，将浑浊的带着人气的空气吸入胸腔，她想起叶老师念的那段“爱是恒久忍耐”，感到心头又是一阵发虚。

走了几步，想起这里离卓祯爱的住处不远，于是她拿出手机拨了电话，卓祯爱说她刚从外面回家。“一起吃晚饭吧。”王簪说。

她们有好长时间没见了。去到那个爱的港湾之前，大约有一个礼拜的时间，王簪几乎每天晚上给卓祯爱打倾诉电话，一打两三个小时，诉说烦恼，诉说恐惧，诉说孤独，分析自己，分析孙平原，对比自己和别人，然后又诉说，前生后世都说了，止都止不住。卓祯爱每每在电话里叹几声气，安慰几句，那些安慰飘进王簪耳朵里像绵软的微风，根本吹不走厚厚积在她心头的烦恼的腐叶。可她还是忍不住要打电话，不仅给卓祯爱打，也给别的朋友打，长时间地说。她的自尊心从未这么低贱过，在孙平原那里低贱，在朋友面前低贱，在自己心里也低贱。

此刻想来，是自己老了吧，年龄使人变得软弱，变得皮厚，也变得贪婪。

饭馆是卓祯爱选的，一个环境素雅的川菜馆。王簪说到自己去读经的事，并且每晚上睡前祈祷，她觉得有必要劝导一下卓祯爱，哪知卓祯爱以一个典型的怀疑主义者的口吻说，“等我有时间好好研究研究后，再说信不信吧。”

王簪说这是不需要质疑的，只管去信，便能获得力量。尽管她自己也不是没有疑惑。卓祯爱说，“如果现在就把终极问题以及其他难解的问题都解决了，人精神上的动力和活力也就消失了。何况真能解决吗？这世界越变越古怪，也越来越难以捉摸，谁知道谁在控制这个世界，上帝还是魔鬼？所以该承受的躲不掉，那我宁愿受着。”

王簪佩服的就是卓祯爱身上这股狠劲，似乎无论到什么田地都有股底气给撑着。她找到相伴一生的那一半了？王簪问，“找到男朋友没有？”

“没。”

“那你怎么打算的？想不想找人结婚？”

卓祯爱说，“对我来说结婚这个事只能随缘，成天心里挂着没用。我倒是想自己给自己弄一个家——收养两个孩子。”

“你疯了？”

“家的形式又不只有一夫一妻加小孩的一种。我也不愿意一辈子孤家寡人的一个，又没地方去找合适的人选，只好自力更生了。”

王簪想了想，屋里有了小孩，自然会有家的感觉。可是现如今盘小孩是多么艰苦的一个事，许多家庭，夫妻两个加上爷爷奶奶一辈，都搞得累死累活神衰力竭，卓祯爱清不清楚这事有多大的难度？

卓祯爱说，“所以我现在要抓紧机会多挣些钱。经济上自由，很多事情的难度就能减低。难是肯定难的，但人活着，不是这个难，就是那个难。”卓祯爱突然话头一转说起了另一个事，“现在我每个周末都去金堂乡下的一个地方给几个孩子上课，已经一个多月了。”

王簪瞪大了眼睛，她问，“是吗？是谁请你去的吗？”

卓祯爱说就是她自己找去的，教那些孩子英语和作文，“就是给自己找个事儿，跟你去查经一样。”

王簪发自内心地觉得，卓祯爱是比她强。

晚上回到家里，王簪洗了手刚走进自己卧室，她妈便笑嘻嘻推门进来，将一张照片递到她跟前。王簪接过一看，照片上一个三十出头的瘦高男人，衬衫西裤，黑边眼镜，站在一幢气派的办公楼前，双臂互抱做雄心勃勃状。

7

王簪的父母出马了，重新开始为她物色男友人选。父母不仅亲自出动，而且发动起周围所有亲戚朋友熟人，为王簪寻觅合适的结婚对象，打起了一场人民战争。

随着一张张陌生的、年龄不等包装不同的男人的照片传递到王簪父母手上，经过父母筛选，再传到王簪手中，王簪走上了相亲之旅。

王簪是不反对相亲的。她一点不认为相亲有违一个现代女性的做派。这世界看着熙熙攘攘，其实人跟人相互交识的渠道却没几根，不靠人介绍又能怎样？卓祯爱个人条件那么好，不也只能靠着个海市蜃楼般的缘分守株待兔？

另一点，王簪也想气气孙平原。

她见的第一个对象就是那衬衫西裤男人，那是一个高科技公司的财务总监。他们在巴西烤肉餐馆见的面。两个陌生人第一次中规中矩见面，自然没什么多的话好说，好比两块被搬到一起的石头，找不到路线去碰撞出火花。衬衫西裤更多地在跟王簪的胃交道，服务生轮番送来大叉子叉着的各种烤肉，他文质彬彬劝王簪吃这个吃那个，搞得王簪毫无胃口，仿佛一举一动都在他的目测与鉴定之下。餐馆里的饮料、水果和小吃都是自助的，财务总监又去取了两盘子的点心和水果，放到王簪面前，可是关于食物的话他却说得十分乏味。王簪恨不得换了卓祯爱与卫忽忽来，大家吃得谈笑风生。现在是相亲，她提醒自己，这不是娱乐，这是通往婚姻的工作餐。问题是对坐在对面的人让她提不起精神，他说话的声音让她不舒服，那声音比较尖，像女人的声音。另外，照片上没看出来，坐近了王簪才发现，这人的发型也有点傻，头发不长不短，分作两块搭在前额上。

他们互相问到对方的工作情况，个人喜好，财务总监还问到王簪在荷兰留学的事情。两个人渐渐找到点谈话入港的感觉，但财务总监一激动，声音就变得更尖，如同匕首划着王簪的神经，更不断刺破王簪脚下的云层，使她升腾不起来，只能踩在一片令人沮丧的现实之上。

饭后，他们并肩走出春熙路，走到府南河边绿树成阴、灯光点点的步行道散步。府南河水被夜色掩去了白日的浑浊，显得幽深迷人，可只走了一小会儿，王簪就不想再走下去了。问题出在财务总监的口腔上。在烤肉馆，因为隔着桌子对坐，也因为烤肉馆里弥漫的都是烤肉的香气，王簪没机会去领略他嘴里浓厚的气味，这下两个人靠得近了，他一转过头来说话，嘴里的气息便直入王簪秀气的鼻子，那当然不是什么芬芳之气，那是口臭。

王簪的表现犹如淑女，她站下来说，“我有点累了。”财务总监仿佛见好就收地，打了个车将她送回了家。

第二天，他主动打来电话，约请王簪再次共进晚餐。这人在王簪脑子里引起的第一联想，不是一个活生生的人可亲气息，而是口臭，女人气的声音，无趣的衬衫西裤，她翻检不出接受邀请的愿望。

因为拒绝了约会的人，王簪心里又空落落

的，将要到来的夜晚显得如此没着没落，她检讨自己是否在对人的判断上误入了歧途——这是找老公，她应该关注的是他的人品，性格，而不是他的气味以及那些无足轻重的东西。她应该抓大放小，抓住核心去拷问，那才是她将要依靠并且能够依靠的。可下一分钟她又觉得，即便是找老公，起码也该找个气味清新正常的人。

突然，手机发出短信到来的轻响，王簪拿起手机，竟是孙平原发来的。他问，最近怎么样？王簪立刻回复道："很好，在相亲。"孙平原回过来："动作快呀，相上了？"这口气还挺轻松，王簪飞快按着按键："正在进行中。"孙平原问，对方是什么人？怎么相的？感觉如何？问得心平气和毫无妒意，似乎他是她的一个亲戚，甚至一个女友。接着他发来了一条出乎王簪意料的、不像出自他之手的短信："今晚我请你吃饭吧。"

王簪拿着手机，不知该笑该哭。他早该这么邀她了，她等了多久，等了多久？而与此同时，她又幻想过多少次，逮着机会非给他点颜色，让他也尝尝事不如愿的滋味，最好让他也有悔青肠子的一天。有人说现在的男女关系就是亲嘴加踹脚，好的时候搂搂抱抱你亲我吻，一翻脸便相互踢踹。她也该有一脚踹回去了。

实话说，他俩的关系比卓祯爱形容的这个古怪的世界还要古怪。从她的角度，一方面似乎就要将孙平原忘诸脑后了，一方面又念念不忘找机会报复他一下；可一旦他召唤，她还是想见他。

从孙平原的角度，只要她把自己推到他眼前，他就矛盾重重，犹豫不决，瞻前顾后；一旦她有拔脚离开之势，他又有不舍的样子。她自己可气,他也可气。所以和孙平原吃着吃着饭，王簪的怒气又制不住了，她放下筷子问，“你说我们到底是个什么关系？”

孙平原比之几个月前似乎瘦了一点，黑了一圈，他的模样本来叫王簪心生怜意，忍不住想伸手去摸摸他的脸。吃饭他也吃得似有千钧重担压着一般，而又要故作轻松。可一遇到这个问题，孙平原表现出的还是习惯性的躲闪，“很好的朋友嘛。”他喉咙里哼哼两下说。

王簪不说话，心里阵阵冷笑。见王簪无反应，孙平原自以为暂时万事大吉了，继续吃菜。王簪说，“我怎么不这么想？”她的声音有点变调。

她着实一点不喜欢他们的这种对峙，好像一见面，她就成了个挥起鞭子抽打的人，而他则是抱着头逃窜不掉的人。哪里如此！她是那么的无奈，那么的苦闷，她多么希望他能够为她支撑，能够为她决定，她不是个强势的女人，现在却成了一块压着别人和自己的阴影。

孙平原说，“有些事情说不清楚你要我咋个说？”

说不清楚。他们快五年了，现在倒搞成说不清楚的两个人了。王簪心里对自己说一句：死心吧。也不顾桌上的菜只吃到一半，拂袖而去。

新的照片又输送到王簪父母的茶几上。王簪又去见了两个人，一个律师，一个汽车销售公司的推广部经理。律师很不对王簪的胃口，说话像背法律公文，自以为是，衬衫袖口不干净，王簪也看不出他事业上有什么发展前景。推广部经理小王簪年龄两岁，健谈，见人自来熟，天上地下的什么都能说。他性格明快，幽默，却不乏浮夸。尽管他对两岁的年龄“倒差”一点不介意，对王簪热情似火，可王簪左思右想后觉得，他这种性格的人不像个长久靠得住的，她不喜欢自己今后的生活充满风吹草动，也还是罢了。

因为忙着相亲，查经聚会王簪就抽不出时间再去，只是在家自学。不时地，她会翻到叶老师给她念的那段“爱是恒久忍耐”，自己默念一番。王簪承认爱是那么回事，可问题是，当你根本没有爱，找不到爱，抓不住爱的时候，当你饿得头晕眼花还伸长脖子看不到食物的时候，拿什么去恒久并忍耐？

运气总算前来跟王簪打照面了。挑过八九个人的照片并见过三个人之后，一个气貌不俗的人走到了王簪面前。第一次，他们在紫薇茶楼见面，王簪下了出租车，转过身就看见一个浅色T恤加休闲裤的人冲向她微笑，然后向她走来，“是王小姐吗？”他的声音非常温厚好听，“我是薛世良。”他是特地站在门外迎她的。

这段时间，王簪集中火力相亲，虽见的人也就三四个，内心却有阅尽沧桑的疲惫。她甚至有些隐隐的绝望，形式上她是做出了放弃孙平原、奔向新生活的姿态，可新生活究竟折叠在哪条路边的哪个旅行包里？人海茫茫，谁是能够给予她安心而持久的光亮的那盏灯？见的人越多，王簪越觉得人与人之间比那油之于水更难以交融，而越有乌云压顶的愁闷。

薛世良挨边四十，是一个化工企业的副总。开始王簪对他没抱太大希望，只是看照片顺眼，介绍人开出的他的个人条件不错，虽然结过婚，但老婆五年前患癌症过世后，他一直没轻易再婚，也算有情有义或处事谨慎。另外，王簪也想试试跟个比自己大五六岁的人交往一下，或许能享受到不一样的呵护与关爱。这本是姑妄之想，不想这一去见着薛世良，真有身凉遇着厚衣服的感觉。

薛世良是分管技术的副总，身上并无一般的官宦之气，待人接物倒是谦恭清爽，平时不抽烟不喝酒，偶尔去打打牌。他话不多，却也不闷，不像有的男人，一上来便表现自己，仿佛是来搞个人业绩和特点展览似的。而薛世良一开口，又自有一股稳稳当当的内力。王簪跟他在一起，自始就没有紧张之感，言谈举止随意轻松，也不操心，一切皆有他安排。薛世良不时微微笑着欣赏她，他的笑稳定绵厚，让王簪如沐春风。

王簪对上帝感激不尽。遇到薛世良，她好像风中的船一下有了压舱石，心里一下就踏实了。作为结婚对象，薛世良是个高分选手，除了人品性情过关，健康过关，经济上还很富足。婚姻是件实在事儿，王簪对这一点看得很明白，钱是一条硬杠子。贫贱夫妻百事哀，再好的感情也可能被穷困挤出苦胆。而薛世良几乎能满足她的一切需要，这是时来运转，还是上辈子自己做了什么好事，得到了迟来的回报？

唯一一个小问题是，薛世良有个 8 岁的女儿。

8

卫忽忽又回来了，而且被人骗了，损失了一大笔钱。

待王簪得知这个消息时，卫忽忽已经回国好几个月。她没有回到成都，而是抵达深圳后便止步不前，在那里找了个珠宝公司做事。

“她什么时候回国的？”王簪问卓祯爱。她俩约在锦里喝茶。

“七月初吧。她上次回来只办到三个月续签。三个月到期只好回来了。”

不是说她的比利时老板要送她去比利时深造吗？不过卫忽忽的话常常是玄秘不可细究的，你不把她的话当真时，她嘴上那些腾云驾雾的事情往往会砰的落地，演化成真；你把她的话当真时，那些事情又会如烟散尽，不着痕迹。

卓祯爱得知卫忽忽这消息也不久，她前几

天在 MSN 上与卫忽忽遇上了，卫忽忽扑上来就对卓祯爱呼天抢地：“我惨啊！我被人骗了十万元！十万啊！”

原来卫忽忽再回曼谷后，一面假读书，一面在比利时人的公司打工。卫忽忽总归是卫忽忽，就好似狐狸终究压不住要偷鸡的本性一样，她想的就是多挣钱，把生意的利润最大限度地放进自己口袋，而不是眼睁睁看着它们一笔笔落进老板腰包。于是背地里另辟蹊径，另开财路，这方面她本来就身经百战，脑袋又滑，胆子又大，张开爪爪瞄准低价货源，打算私自吃货再暗地转手卖出。怎想第一笔生意她就失了蹄。一个摩洛哥人说手上有一批钻石，价值十万美元不止，这批钻石卫忽忽看过，确实是硬邦邦的真货，摩洛哥人买来得极便宜，又因急于用钱愿以三万美元低价卖出。卫忽忽动用浑身解数，把三万讲成了两万五千美元，先付一半，钱到摩洛哥人账户后，两人交割钻石，卫忽忽再付余下的一半。卫忽忽为自己成功的谈判和捞到大便宜喜不自禁，连忙跟国内的老公打电话，要他赶快打钱到自己的银行卡上。老公极力反对这桩买卖，忧心得不得了，卫忽忽怎理会得他那鼠目寸光、毫无气魄的见识，意不可催。可惜自己家里只勉强凑得出五万元人民币。她连忙打电话给父母，借了三万元，还有两万人民币的空缺，又说动自己一个同事入股加盟，说好得利后按股分红。千算万算，算不到钱一打出，那该死的摩洛哥人就汽化了，香港的手机关机，住处没人，打电话到他留下的摩洛哥那头的号码，接电话的人说了一通莫名其妙的古怪语言。卫忽忽脚趾尖都凉了。

王簪想起当年卫忽忽说的关于白白中奖的那番话。卫忽忽一是太盼望自己有机会白白中奖，二则又不是守株待兔之人，她主观能动性太强，总要为那看不见的上帝之手加个外力，这一下弄巧成拙。

“你说这个卫忽忽，说聪明很聪明，说笨又那么笨。她鬼迷了心窍怎么的，怎么就相信老外个个都是一诺千金的良民？”

“我看她其实一点不聪明。”王簪说。这

损失点钱以后尚有机会挣回来，也不知她的婚姻怎么样了。不过有些时候也正如卫忽忽所说，现在坏人太多了，上帝管不过来的。做尽坏事未必要遭报应，循规蹈矩未必就招福气。像她自己，婚事依然未遂，而婚姻的前景依然在沉沉雾霭中看不清。

十一月份的城市寒意袭人，虽远不到最冷的时节，可王簪觉得那种凉简直能渗到骨头缝里似的。再过一个月，她回国便满一年了。这一年里，用心灰意懒、精力萧索来形容自己，毫不为过。如果按她去年底刚回来时的设想，今年的生活目标就是结婚，那她今年是彻底白过了，也看不到下一步该往何处踩。她和薛世良半个月前正式说了分手。原因出在薛世良的女儿身上。起初王簪没见到他女儿时，没把这事太放在心上，没那概念，她在理论上认为只要薛世良人好，两人能建立起美好的家庭，其他困难都是可以迎刃而解的。可一当那小姑娘站在王簪面前，她才发觉事情绝不简单，那是一个大活人，有自己的情感、习惯、记忆、思想、个性，而且8岁了，齐她胸脯那么高，而且以后要叫她“妈”。她要结了婚的话，和那小姑娘就是朝夕相处，要照顾她操心她，且不是一年两年，而是无休无止。若她俩处不好呢？若她哪天厌烦了呢？若她和薛世良生了自己的孩子，他们间的关系又会复杂到什么地步呢？操劳还在其次。王簪头大如斗。

她又开始给女友们打电话，向她们诉说，听她们的意见。可是她们给出的意见和安慰越多，王簪越是心乱如麻。跟薛世良约会时，精气神越来越差。她是想要个家，可她要的是一个顺心顺意的家，一个属于自己的新世界，而不是在一片旧江山上敲敲补补。不久薛世良把问题问了出来，他们推心置腹讨论过一次，王簪振作了些，可时隔未久又低沉了下去。反复几次，他俩的气数也就尽了。

跟孙平原，她和他倒真成了泛泛之交的朋友似的，有什么事相互也帮个忙，前段时间王簪电脑出问题，发短信给孙平原，他就找了个熟人来给王簪处理。有时她会想起留在孙平原宿舍的衣服物品，不知他是怎么处置的，她不问，他也不说。可心里明白，他俩是没戏了，回不去了，两个人一旦错开，就跟两颗石子入了泥石流，转眼便各自一身泥浆，且不知身在何处。什么前情往事，皆如幻梦。

王簪想和卓祯爱说说心中的烦闷，可从何说起呢。她看看卓祯爱，发现卓祯爱确实比刚回国时憔悴了几分，同时又是一派心平气静的模样，似乎修炼出一种心态，人远没到四十，就开始不惑了似的。像卓祯爱这样子，是否也能好好打发一辈子？这样下去她真的就认了吗？她有没有什么新的故事？还是她把要紧的故事都掩藏住了？

但她俩什么也没说。她们这个年龄的女人，需要稳定的一日三餐和一家一业所带来的精神保养，那才是衰败与孤独的有效对抗力。而她们面前空空如也，什么都要直面。

家里还在托人找人地给王簪介绍。王簪凭空生出一种警觉，意识到太过频繁地相亲不是好事一件，这会形成一个惯性，相亲的惯性。

这绝非一个吉兆，像是一辈子就要这么相来相去而无结果似的。可不去相亲又能如何？

这一天王簪的事情很多，上午先到体育中心去了一趟，联系英国名校展的展场事宜，回来和几个报社的对口记者联系了一阵。下午上班后，在办公室刚发了几份给英国几个城市教育机构的传真，手机就叫了。一个陌生的号码，她按了接听键。

“谢天谢地，你的手机总算开着。”如释重负的声音急急传来，竟是卫忽忽。

王簪说，“前几天才和卓祯爱说到你，今天就冒出来啦？在哪呢？”

“卓祯爱是不是失踪了？”卫忽忽咿哩哇啦，答非所问，“我昨天就给她打手机，一直打到现在。她到哪去了？跟人私奔了？”

原来卫忽忽昨天就回成都来了，她是回来处理房产和办理离婚的——她要离婚了。“离婚？为啥啊？”王簪问。

“我也不想离啊，”卫忽忽在电话里一连说下去，照样答非所问，“谁不知道现在离个婚就跟破回产似的，起码是遭了一次劫，可是我那一根筋的老公——马上也快是前夫了，就是转不过弯。逮着我个把柄又吵又闹。这样的男人离了也罢。你的婚事怎么样？相亲相成没有？你手上是不是有好资源？也介绍几个给我啊。看来我也要开始相亲了。”

王簪笑起来，这卫忽忽做什么都是时不我待的速度，离婚还在进行中，相亲就进入了她的日程安排。“你不是反对结婚吗，无家一身轻，正好如你所愿啊。”王簪打趣。

“哎呀，”卫忽忽叹一声，“家有家的好处嘛，有人照顾陪伴总强过孤军奋战嘛。”

这家伙到底是个现实主义者，还没丧失对生活的客观判断。卫忽忽找卓祯爱是为了借地方住，她在成都的那套房子，自她去泰国后就让她老公的父母进驻了，而现在她回成都办离婚，挤在她老公一家人中十分尴尬。王簪估计主要因为过错方是卫忽忽，她无法理直气壮。

“能不能不离呢？”王簪问。

“能做的我都做了，”卫忽忽又是一声叹，“要不你们来给我出出主意？你今晚有什么安排？接见我一下呀。”

这天晚上王簪恰恰有事，当然是见相亲的人。王簪说可能不行。“不会吧？”卫忽忽说，“蒸发的蒸发，有事的有事，怎么谁都在抛弃我呀。”

下午六点，王簪走出办公大楼。她穿了件黑色的薄呢风衣，街上人头攒动，她把风衣的腰带束上，拿出手机又拨了一道卓祯爱的号码。还是关机。卓祯爱会去哪呢？昨天是周日，她是去了她私人上课的地方没回来？还是遇到了什么事？王簪有自己要去的地方，她往前走了一段，站下，想在路口站上一会儿。

街上是自行车与汽车的茫茫车流，以及人流，东西南北地流动。都在流动。她慢慢抬起手，对着一辆打着空车标记的出租。

图书在版编目（CIP）数据

单身汉董进步/袁远著.-上海：上海文艺出版社.2017.6

(小文艺·口袋文库)

ISBN 978-7-5321-6257-4

Ⅰ.①单… Ⅱ.①袁… Ⅲ.①中篇小说－小说集－中国－当代

Ⅳ.①I247.5

中国版本图书馆CIP数据核字（2017）第090598号

发 行 人：陈 征

出 版 人：谢 锦

责任编辑：方 铁

封面设计：钱 祯

书　　名：单身汉董进步

作　　者：袁 远

出　　版：上海世纪出版集团　上海文艺出版社

地　　址：上海绍兴路7号　200020

发　　行：上海世纪出版股份有限公司发行中心

上海福建中路193号　200001　www.ewen.co

印　　刷：山东临沂新华印刷物流集团有限责任公司

开　　本：760×1000　1/32

印　　张：5.75

插　　页：3

字　　数：72,000

印　　次：2017年6月第1版　2017年6月第1次印刷

I S B N：978-7-5321-6257-4/I.4991

定　　价：25.00元

告 读 者：如发现本书有质量问题请与印刷厂质量科联系　T：0539-2925888

—— 小文艺·口袋文库 ——

报告政府　韩少功
我胆小如鼠　余华
无性伴侣　唐颖
特蕾莎的流氓犯　陈谦
荔荔　纳兰妙殊

二马路上的天使　李洱
不过是垃圾　格非
正当防卫　裘山山
夏朗的望远镜　张楚
北地爱情　邵丽

群众来信　苏童
目光愈拉愈长　东西
致无尽关系　孙惠芬
不准眨眼　石一枫
单身汉董进步　袁远

请女人猜谜　孙甘露
伪证制造者　徐则臣
金链汉子之歌　曹寇
腐败分子潘长水　李唯
城市八卦　奚榜

小说